敦煌语态

敦煌語絲

金耀基

OXFORD
UNIVERSITY PRESS

OXFORD
UNIVERSITY PRESS

Oxford University Press is a department of the University of Oxford.
It furthers the University's objective of excellence in research, scholarship,
and education by publishing worldwide. Oxford is a registered trade mark of
Oxford University Press in the UK and in certain other countries

Published in Hong Kong by
Oxford University Press (China) Limited
39th Floor, One Kowloon, 1 Wang Yuen Street, Kowloon Bay,
Hong Kong

© Oxford University Press (China) Limited

The moral rights of the author have been asserted

First issued as a paperback 2019

1 3 5 7 9 10 8 6 4 2

敦煌語絲

金耀基

ISBN: 978-988-8632-336

目　錄

序

　　一九七八年，我的第一本散文集《劍橋語絲》出版。十五年後，第二本散文集《海德堡語絲》出版。這二本「語絲」在香港、臺灣和大陸都有幾個版本。一九八五年後，兩書一直以姊妹篇的姿態面世。從兩岸三地不時有新版樣看來，她們是頗受中文讀者歡迎的。兩本「語絲」中有幾篇文字還被收入到為數不少的文選集中，最令我欣慰的是讀到已記不清篇數的書介與書評了。說真的，這二本「語絲」有這般的命運是我當初着筆時不曾想到的。

　　這些年來，很有些友人笑鬧我，「怎麼只寫外國的？為什麼沒有一本寫中國的？」說實話，這完全不是刻意的選擇，純然是機遇，《劍橋語絲》與《海德堡語絲》都是我在海外長假時寫的。我在香港中文大學執教三十四年，只有過二次長假，分別在劍橋大學與海德堡大學做訪問學人，沒有教學，也沒有行政的負擔，卻有了一份我在香港沒有的閑逸，而這二個大學城，古典又現代的風格太合我的性情喜好；她們也

實在美，美得使我有寫作的衝動，我就這樣不由於己的寫起所見、所聞與所思的一篇篇散文來。這是為什麼我只有「劍橋」和「海德堡」兩地語絲之緣由。

二〇〇四年，我從香港中文大學退休，開始了我一生中的長假。退休生涯未必有我期待的閒逸，但畢竟多了幾分自在與自由。二〇〇七年，我有了二次不很尋常的故土之行。一是回到六十年未回的原鄉——天台，一是去了幾十年想去的沙漠藝都——敦煌。返港後寫了〈歸去來兮，天台〉與〈敦煌語絲〉二個長篇，承潘耀明先生的青睞；先後都在《明報月刊》發表了。

替我出版《劍橋語絲》《海德堡語絲》姊妹篇的牛津大學出版社的林道群先生，看到了我寫中國的二個長篇，就表示願意為我出第三本語絲，其實，我寫中國最早的是一九八五年的〈最難忘情是山水〉的長篇。

那是我一九四九年離大陸後第一次的神州之旅。文字發表迄今已二十有三年了。在那個歲月，大陸從文革災難走出不久，開放改革還剛起步，大江南北所見，感觸多矣深矣。當年旅遊，滿目殘破，去洗手間是頭等苦事。途中坎坷，用同遊的廣東朋友的話，乃「摩登走難」也。比之去歲天台、敦煌之

行，直是二種光景。三十年來，神州之變化大矣，今日大江南北之所見，真有「敢將日月換新天」之感了。

《劍橋語絲》與《海德堡語絲》是一對姊妹，現在加上寫中國的三個長篇的結集《敦煌語絲》便成了「語絲」的三姊妹了。是為序。

金耀基
二〇〇八年三月於香港

少時聽到敦煌的名字，只曉得那是遠在天邊的地方。敦煌在我心中是與陽關、玉門關連在一起的，是一個與戈壁沙漠、駝隊鈴聲、西風、夕陽連在一起的圖像。

香港中文大學新亞絲路文化團

敦煌語絲

敦煌建於漢代，是古絲
路的重鎮。文獻説：
敦，大也；煌，盛也。

敦煌的想像

世間有幾處地方，有生之年總覺應該一到，敦煌便是其一。一九九四年，錢偉長先生轉贈我常書鴻先生九十歲時出版的《九十春秋——敦煌五十年》，讀畢這部三百餘頁的大書，對這位與敦煌生死相許五十年的「敦煌守護神」，固然油然起敬，而他筆下的莫高窟、榆林窟的彩塑與壁畫，更增加了我對敦煌的嚮往。

少時聽到敦煌的名字，只曉得那是遠在天邊的地方，少不了許多遐思。敦煌在我心中是與陽關、玉門關連在一起的，是一個與戈壁沙漠、駝隊鈴聲、西風、夕陽連在一起的圖像。

一九〇〇年，敦煌石窟「藏經洞」的發現，是中國古物考古的大事件。常書鴻以為其文化意義，比之孔壁古文、殷墟甲骨、流沙墜簡尤為重要，較之一七四八年意大利發現一千八百年前的龐培古城亦不遜色。藏經洞所藏的是五萬多件經卷、文書、織繡和畫像，是從三國魏晉到北宋一千年間的古文獻、古文物。藏經洞之發現，轟動世界，招致了英、法、日、俄、美等國文物考古人士的垂涎，半偷半騙，搬走了其中十之八九；

不過，卻因此產生了世界性的「敦煌學」（我十分欣賞季羨林先生的「敦煌學在世界」的觀念），而自明後隱身的敦煌石窟也因而重新顯赫於世。

中國的敦煌學自王國維以降，成績斐然，而陳寅恪的隋唐史研究所以獨步史林，固由於他的積學與史識，但這與他的善用敦煌資料顯然有關。胡適之寫禪宗（南宋）七祖神會和尚的大故事，認定神會是新禪學的建立者，也是《壇經》的作者，是中國佛教史上最偉大的人物。此前沒有人知道神會在禪宗史上的地位，是因為他的歷史和著作，埋沒在敦煌石室一千多年。胡適之所以寫得如此自信，如此活龍活現，就是因為他在巴黎發現了敦煌寫本的三種神會語錄，在倫敦找到了敦煌本神會的《顯宗記》和《壇經》。

留下吳道子畫風的地方

藏經洞的經卷、文書固然已散藏在巴黎、倫敦等世界名都的博物館，但今日莫高窟七百個石窟中的彩塑和壁畫卻是敦煌藝術的寶庫。彩塑是石窟的藝術主體，有佛像、菩薩像、弟子像，以及天王、金剛、力士等大小二千四百一十五尊，這些彩塑，自魏晉經隋唐到宋元，各代有各代的風格，有佛家彩塑博

物館之稱。至於壁畫，面積有四點五萬平方公尺，如果把這些畫排成兩米高的畫式展出，有二十二公里半長，絕對是世界最長的古代畫廊了。這些壁畫時間跨度大，由公元四世紀到十四世紀，歷十個朝代，不啻是一部從中古到近古的繪畫史。我素喜雕塑與繪畫，而這正是敦煌石窟藝術的核心，所以最想有一日能親眼目睹。唐代的藝術更是我愛中之愛，莫高窟恰恰又是唐窟最富，有二百三十二個之多。論唐代藝術之高卓百代者，莫若其詩、文、書、畫。而集詩、文、書、畫四美於一身，被林語堂讚為「人間不可無一，難能有二」的蘇東坡嘗言：「詩至於杜子美，文至於韓退之，書至於顏魯公，畫至於吳道子，而古今之變，天下之能事畢矣。」杜詩、韓文、顏書都吟過、讀過、臨過，唯獨吳畫則從未看過，而敦煌壁畫，卻儘多唐人之作，雖然沒有吳道子的親筆，但「吳帶當風」的韻致，在石窟中的人物畫、觀音像、舞人、飛天圖中是可以意會的。我與敦煌唐畫的照面是看了張大千的臨摹之作。大千居士是當代享大名、卻又是多爭議的大家，畫界中很多人以他是「偽作大師」而貶之。大千居士確多仿摹之作，而最要命是應酬畫太多，反不見他創作力度之高，不論如何，徐悲鴻以「五百年來第一人」譽之，豈是糊塗話？他是第一個去敦煌臨

畫的人，一九四一年整整花了三個月時間，千辛萬苦，抵達敦煌，又窮兩年時間，披風戴雪，在灰沙撲面，燈火熒熒，無比艱苦的狀況下，臨摹了逾百張壁畫。因為他，敦煌壁畫之宏大富美才彰顯於世，並有了「敦煌畫學」之説，其功豈小也哉？也是因為他的識見與游説，才促使國民政府的書法大家于右任發起成立「敦煌藝術研究所」的信念。説真的，我之想親臨敦煌石窟，固然是最想一睹唐代人之原畫，也很想看看大千居士是臨摹了哪些敦煌壁畫。

新亞書院的絲路文化遊

二〇〇七年十月，香港中文大學新亞書院有「絲綢之路文化六天遊」，得知領隊是建築系的何培斌教授，我即刻報了名。元禎膝痛，不良於行，只好獨自上路了。培斌在愛丁堡大學專攻古建築，之後又在倫敦亞非學院研修敦煌之學，他去敦煌已有無數次了，隨他去絲綢之路的文化之旅，就算沒有事前的大量閱讀，也不會深入寶山，空手而回。這次六天遊，所經皆古絲路上的重鎮要隘，所看都是石窟、博物館與墓穴，所觀賞者莫非彩塑與壁畫。行前，我已作了閱讀筆記，遊訪期間，每到一地，更作筆記，入夜再作整理，深感此行頗多收

穫，了卻平生一願。返港後，因有會議、講演，做眼睛手術等事，久久不能提筆，農曆新年，最得閑，於是憑筆記、圖文、照片，一一回顧，寫下所見、所聞、所思，因所寫都是絲路上的點點滴滴，故曰「敦煌語絲」。

西安：古絲路的起站

十月六日，天未亮被鬧鐘喚醒，退休三年來的一大舒服事便是不需用鬧鐘了。團隊旅遊常是沒有自由的尋樂。清早，新亞書院黃乃正院長夫婦好心雇計程車來接我這個老新亞人。抵赤鱲角機場，約二十位團友都陸續集合。他們都是新亞校友，或校友的家人朋友。校董會的梁英偉伉儷一早到了，他對敦煌之行有很大期待。好高興老友夏仁山兄也來了，他與我是團中唯二到了「古稀今不稀之年」的未敢稱老的老人。

香港飛西安約兩個半小時，從一個高度現代化的都會到一個二千年前已十分顯赫的古都，沒有時差，但文化落差是可以感受到的。十幾年前我曾來此，當然看到震驚中外的兵馬俑。有人說，看中國古都，看地上的去北京，看地下的到西安。我心中的長安始終比眼中所見的西安美。我是從唐詩進入長安的，長安是唐詩中吟唱最多的古都。的確，古西安是唐代

都城，當時可能是世界過百萬人的第一大城市，而唐以前，秦漢皆設都於此，她是中國大一統帝國時代最早的都城。自漢以來，長安就是古絲路的起站，唐僧西去求佛也是從長安出發的。

我們首站是西安，但非此行絲路之遊點，只是以西安為轉機去敦煌的中途站。在緊湊的行程裏，還是從容地參觀了新建的西安博物館，它與陝西博物館皆為著名建築師張錦秋的手筆。這座外觀以天圓地方體現古典觀念的建築，與唐代所建的小雁塔，遙相交映。館內收藏了西安各個歷史年代遺存文物十三萬件，看是看不盡的，只有選擇參觀，在佛像館、唐三彩館已看得不亦樂乎，我更在大廳幾幅敦煌壁畫前徘徊流連。敦煌未到，卻已心馳神遊於莫高窟了。出了館，在去機場途中，浮光掠影所見，西安的城市建築，顯然是傳統與現代在對話，交融，拔河。最近二十年，全國數以百計的大小城市，自東而西，從南到北，都在火紅紅地新建，重建，這是千年來中國第一次全國性市容的大變換，它將決定中國二十一世紀乃至今後五百年中國城市的面貌。真的，在這風起雲湧的建築大浪潮中，中國城市如何在現代化中保有古典趣味，如何在全球化中保有中國風格，實在是中國城市發展史中一個必須思考的大課題。

中國最大的三大石窟之首莫高窟。

敦煌：「昨日的香港」

從西安到敦煌，想不到也要兩個多小時，敦煌真是遙遠。在汽車、火車、飛機不到的日子，去敦煌只有靠駱駝在沙漠戈壁上日以繼夜的累月跋涉，其苦何如？當飛機降落在敦煌機場時，新月初上，迎面而來陣陣冷風，但不寒冽，巴士送我們入住敦煌賓館，房間寬大舒適，設備現代。泡了杯帶來的台灣烏龍，水質特清，據說是祁連山雪水，我感到有一種承受不了的輕鬆。捨不得如此清澈的月色，披了件厚外衣，約了仁山，無拘地漫步在敦煌的大街上。街燈如畫，霓虹絢麗，沙漠綠洲上的城市竟有這等光景！當地人風趣地說，「敦煌是昨日的香港。」敦煌建於漢代，是古絲路的重鎮。文獻說：「敦，大也；煌，盛也」，公元二世紀時已是中國與西域多國交通、貿易、文化交流的一個華戎聚居的「國際」都會了。敦煌地處平沙千里的戈壁，是黨河沖積而成的一塊綠洲，北面是天山，東南是祁連山，南面最近的是三危山、鳴沙山。敦煌之西北與西南分設玉門關與陽關，皆古絲路之要扼。自少讀王之渙「春風不度玉門關」，王摩詰「西出陽關無故人」的詩句，對玉門、陽關就有無盡的詩的想像，但此次行程中沒有二關，不無遺憾耳。

近午夜時分，在一家正要打烊的小店舖裏，仁山與我都買了隻夜光杯。夜光杯在香港亦有，購於敦煌，杯中美酒才有葡萄之香吧。店中小姑娘説，再過幾天，敦煌店舖就關門了，風沙大，氣溫低，文化香客大都止步了。

莫高窟：沙漠的藝術館

抵敦煌第二天，我們便訪遊一名千佛洞的莫高窟。是日清晨，氣溫攝氏五度，團友們興致勃勃登上旅遊車。從敦煌向東南行駛，公路兩旁是不見人烟的戈壁灘，約半小時至鳴沙山，只見山之東麓陡崖上，布滿了層層密如蜂窩的洞窟。南北長一千七百米，高約四樓層，最高的自山腳到山頂達四十米，這是一座自然與人工結合構築長之又長的石窟藝術館，在平野遼闊的沙漠戈壁上，是一道過目難忘的風景線。這不是哪一個建築師的傑作，是歷代無數藝匠的集體創造。傳說前秦建元二年(公元三六六)一位叫樂僔的僧人，從東方雲遊至鳴沙山下，打坐時，忽見對面的三危山上有萬道霞光，狀如千佛，因覺此為靈異之地，便在此開鑿了第一個洞窟，設壇禮佛。此後千年，從五世紀到十四世紀，絲路上東西往來的商賈和地方世家紛紛捐資，修建佛窟祈福，據載最盛時數逾一千。此正可以

推想當年絲路之旺，敦煌之大之盛也，而莫高窟也就成為中國最大的三大石窟之首。中國的三大石窟，曰敦煌莫高窟、洛陽龍門石窟、山西雲岡石窟。純以雕塑論，龍門、雲岡皆為石刻，較之莫高之泥塑，更顯雄偉。我在圖書、光碟上看到的龍門之盧舍那佛坐像，不只宏大，而且秀美，面容之雍雅，身姿之美健，舉世罕有其匹。莫高窟之彩塑，有大有小，小的迷你型大不及手掌，大的高達三十五米的彌勒像，佔滿了被視為是莫高窟標誌的九十六窟的九層樓的巍巍高閣。據說龍門盧舍那佛和莫高窟的北大像都是武則天時所建。武后自比彌勒下生，她稱帝，自然會說是應天承命了。妙的是據說盧舍那佛還有她的影子呢！更妙的是自武后起，觀音菩薩的形象也由男變成了女。武則天是中國歷史上唯一的女皇帝，我看古時也只有在唐代她才能坐上男人專有的龍椅。有唐一代，佛道的地位是高於講男尊女卑的儒家的。

石室寶藏，塞外江南

在進入莫高窟之前，何培斌教授拜訪了敦煌研究院。樊院長不在，一位儒雅溫文的陳秘書出來招呼。他說，參觀的行程都安排好了，讓我們上下午看二十二個石窟，有的平時是不

開放的。大家為之十分雀躍。陳秘書又説，此次新亞團參觀不收費。這更是意外了。團友都笑説這是領隊何教授的面子。的確，培斌是敦煌常客，敦煌研究院的人深知他是一位敦煌學的同道，給他優遇，也是合理。當然我們也想到了新亞校友陳萬雄博士，我們行前，萬雄兄已信函、電話給敦煌研究院聯絡了。萬雄主持的香港商務印書館曾出過許多高格調的敦煌藝術圖書，對敦煌藝術的推廣、發揚出過大力，是真正的敦煌之友。我們是叨了他的光了。

步過宕泉河的石橋，不見流水，一座巍峨的牌坊聳立眼前，上有「石室寶藏」四字。步行三十米，又一座小牌坊刻有「莫高窟」三字。這時，進入眼簾的便是滿布一個個石室的佛教藝術的長廊了。最叫人爽心的是石窟前幾排銀白楊、柏樹，綠得養眼，還有許多不知名的樹，長滿了亮麗金黃的葉子，在風中輕輕搖曳，更顯婀娜，在蕭蕭的秋寒中，煥發一片春意，使人有「塞外江南」的感覺。莫高窟給我的印象是整潔有序，有風沙但不染一塵。院裏導引我們的女士，斯文有禮、吐屬清雅，帶給我們一種快樂，這種快樂只有造訪世界著名博物館時才有。想起四十年代常書鴻一行來千佛洞時的破敗與蕭殘，我們真要感激敦煌研究院幾代人所付出的心

血。是的，莫高窟有今日這般的好樣，不少有心人的愛心是有功的。邵逸夫爵士在八十年代就曾對條件甚差的石窟捐資修護。難得這位大眾娛樂文化事業的巨擘，對古典藝術也那麼熱心。聽說這位百歲老人不久前還來了莫高窟，真是「邵老不老，壽比莫高」。

一次匆匆的美的巡禮

百聞不如一見，終於身臨石窟，親眼見到了敦煌的彩塑與壁畫。從一窟到另一窟，從上午到下午，看足了二十二個不少具有代表性的石窟。自北魏經隋唐到宋元，內容豐富，目不暇給。平庸的不是沒有，但真看到了許多令人讚歎的藝術傑作，只覺得一天看得太多，不易消受。培斌真的不含糊，每進一窟，常是漆黑一團，他用手電一照，便照出窟中乾坤，不是一組組塑像，便是一幅幅壁畫，接着他便循光照所至，一一解說，詳者詳之，略者略之。我們在八小時中，邊看邊聽，我事前的閱讀印象此時一一得到印證，好不快哉！佛與人物塑像，魏晉是一面貌，隋唐又一面貌，宋元又一面貌。壁畫之多之富，非親臨石窟不能想像，石窟之四壁，石窟之天庭上壁，都是畫得滿滿的，可貴的是雖經百千年之雪冬酷夏，有的

竟然還有原色原味。誠然，許多已經褪色、變色，看來已難規復回天了。早期壁畫的佛本生故事，全來自印度原始佛教，特別是北魏的薩埵太子捨身飼虎圖，刻畫有力，可稱精品，但總覺太過殘忍。宗教感染力強，審美意識就弱了。經變畫最是多采多姿，隋唐之後，都屬大乘佛法，如觀音經變、觀無量壽經變、阿彌陀經變、報恩經變，有的已非印度佛教原典，而攙進了儒家倫理的觀念。越到後代，佛教越見世俗化與中國化，藝術與宗教也漸行漸離，藝術的獨立性在晚唐的張議潮出巡圖，五代的五台山圖更清楚可辨了。

培斌率領導遊莫高窟，在八小時內跨越了一千年的歷史隧道，這真是一次匆匆的美的巡禮。是的，在此之前，我已有過一次美的巡禮，那是我讀李澤厚的傑作《美的歷程》時所感受到的。這次親身經歷的美的巡禮，儼然是讀了半部佛教藝術史。佛教在漢代傳入中土，魏晉南北朝時廣泛流行，在整個社會據統治地位，中國幾成佛陀世界。晚唐杜牧的《江南春》有「南朝四百八十寺，多少樓台烟雨中」之句，景色迷濛之美，躍然紙上，但他是否又在慨歎南朝統治者迷佛而貽害國是？佛教來中國在思想界曾引起很大反動，並且有滅佛之事。胡適把整個佛教東傳時代，看成中國的「印度化時代」

(Indianization period)。他說「這實在是中國文化發展上的大不幸也」。胡適是個真實的理性主義者，他對佛家的宗旨與哲學「沒有好感」是不足為怪的。不過，說到中國的「印度化時代」，恐怕不長。實際上，隋唐以來，論者認為佛教是中國化了，研究佛教思想與文化最稱專博的湯用彤認為，印度佛教到中國，經過了衝突與調和的過程，到後來，佛教思想被吸收，加入了中國本有文化的眾脈之中，「佛教已經失卻本來面目，而成功為中國佛教」。一個清楚的文化與社會事實是：百千年來，在中國人的精神世界中佔主要位置的是儒家和佛教。

佛教藝術的中國化

佛教中國化後已是中國文化的核心了。是的，佛教的中國化也充分反映在莫高窟的佛教藝術的演變中。北涼、北魏時期的石窟彩塑與壁畫，多具西域色彩與形式，是混合了希臘、印度的犍陀羅 (今巴基斯坦、阿富汗一帶) 藝術的特徵，而佛教初無偶像崇拜，一般以蓮花、佛塔來像徵佛，也是犍陀羅藝術中始有佛像的雕塑。日人宮治昭的《犍陀羅美術尋蹤》(李萍譯本) 指出犍陀羅美術通過絲綢之路傳到了敦煌，成為中國、韓國、日本佛教美術之源流，之後，佛教美術植根於亞洲不同

莫高窟的最大壁畫五台山圖是研究古代建築史的珍貴資料。作者提供圖片，選自《發現敦煌》。

民族的文化中，形成各具特色的造型藝術。的確，莫高窟西魏的石窟藝術已經顯現了中原文化的面貌。隋唐的石窟中，中國的藝術元素就更豐富了。吳道子、李思訓、韓幹、周昉是隋唐中國畫大家，他們在長安作畫，相信未去過敦煌，但莫高窟中，吳道子的吳帶當風的筆法、李思訓的青綠山水、韓幹式的馬、周昉式的人物，都依稀見之於石窟四壁，佛教藝術已人間化、生活化、中國化了。五代的五台山圖，是莫高窟最大壁畫，長約十四米，高約三點五米，畫中是山西太原方圓二百五十公里的山川城池，以及四十多座寺院、二十餘座尼庵，識者如梁思成以為是研究古代建築史的珍貴資料。就畫而言，雖云是文殊菩薩的道場，但已非純宗教藝術，直是一幅大型山水畫了。

飛天與線之美

我相信參訪莫高窟的人，沒有不被飛天而打動的。飛天在佛經中稱香音神，是蓮花的化身，她在天國晴空中往來飛翔，奏樂和散花，在中國佛教圖中，表達的是極樂世界的和平、幸福景象。據統計，莫高窟二百七十個洞窟中皆有飛天，共四千五百餘身。此次美的巡禮中，我雖未見到二九〇窟

中一五四身各種姿態的飛天，也沒看到三二〇、三二一兩窟中被視為敦煌美中之美的飛天，但我畢竟欣賞到二八五窟西魏的十二身伎樂飛天，秀骨清像，體態婀娜，不可方物。我也難忘在盛唐貞觀年間開鑿的二二〇窟中所見的飛天。在藍天白雲中，彩衣飛揚，滿壁風動，如聞銀鈴般的笑語自天上瀉落，真是一種美的享受。西方宗教畫有仙女，都是長了翅膀的，中國飛天則只憑衣帶飛舞，特別展現了中國「線」的藝術之美。

長久以來，線造型是中國畫的藝術形式。書畫同源，我一向喜愛線之美，線之魅力，但又不由得不想起晁海來。晁海來自西安，近年崛起畫壇，有一個「晁海現象」。他是我所見唯一不用線而是用積墨團塊在生宣紙上構建藝術造型的中國水墨畫家。他的筆墨宣示了一種新造的中國繪畫語言。他在生宣紙上所作難度至高的積墨，質感強，有油畫、雕刻的厚重，卻又有「隱」與「空」的氣韻。讀他的畫，有一種與天地精神相往來的的崇高感。晁海的畫年前在香港中文大學展出時，給了我很大震撼，他是中國水墨天地中的一座奇峰。晁海對中國畫的世界性有強烈使命感與自信。他曾閉門畫畫十年之久，其磨劍心志之堅毅可知。我此次在大西北時，特別懷念這位特立獨行的友人。

藏經洞與王道士的功過

　　當然，到了莫高窟，不能不到震驚世界的藏經洞的十七窟。洞窟內一座真人大小的寫實高僧洪像：神態莊重自然，着田相袈裟，禪定結跏趺坐。這個沉睡了約五百年的藏經洞是一九○○年道士王圓籙因清理流沙時偶然發現的。據一些記述，不通文墨的王道士，既愚昧又貪婪，為了幾百兩白銀就把成千上萬卷的稀世經卷、文書、絹畫，盜賣給英、法、俄、日等外國人，他是文化罪人；但亦有人認為沒有王圓籙就不會有藏經洞的發現，也不會有敦煌學，甚至連莫高窟也不會重入世人眼簾，故王道士之功遠遠大於其過。其實，説王道士愚昧貪婪，也不可説得太盡。事實上，當他發現藏經洞之後，雖不識經卷文本的真正價值，他亦知不是尋常之物，曾經多番向當地知縣、道台匯報，但卻如泥牛入海，毫無正面回響。此後，他甚至寫過一個草單，「上禀當朝天恩活佛慈禧太后」，但也是杳如黃鶴，音訊渺渺。我們知道，發現藏經洞的一九○○年正是八國聯軍火燒圓明園攻入紫禁城的那一年，在那段風雲變色的歲月，老佛爺那拉氏正處於內憂外患、水深火熱之中，哪裏會去理會一個小道士的上書！一直到一九○七年，英國斯坦因到敦煌尋寶，此時，王道士在無人

莫高窟二七五窟的文腳孫勤像帶有濃厚的犍陀風格特徵。作者提
供圖片，選自《中國古代雕塑》。

過問的莫高窟，寂寞孤守已七年之久，當斯坦因見到王道士時，以玄奘信徒的身份跟他套近乎，他顯然十分受落，並可能是有感知遇而感動的。一九〇八年，法國的漢學家伯希和聞風而至。據說他一口漂亮的中國話，把王道士迷住了。伯希和的漢學修養一定也令他覺得對方是位講禮數的洋秀才。看來王圓籙把石窟的經文讓斯坦因、伯希和以及俄國的柯斯洛夫、日本的橘瑞超等一箱一箱的運走，恐不完全因貪婪為數不巨的白銀吧！當我看着高僧洪䁁孤坐在空空如也的洞室時，我不是在想王道士的功過，而是在想對斯坦因、伯希和這些文化名士的評斷不知該用怎樣的春秋筆法！這事使我憶起三年前遊柬埔寨吳哥窟時見到的一尊失而復得的無比精美的石雕佛像。原來那位偷運失手被捕的是鼎鼎大名的法國哲學家 André Malraux (後來成為法國文化部長)，我真不知該說什麼了。他應是一位十足的好古雅賊吧，但雅賊雖雅，畢竟是賊啊！說起雅賊，還有分辨。有的賊得雅，有的賊得不雅。我在莫高窟三二三石窟，看到高僧劉薩訶圖，右下是設壇送石佛的風光排場，左側是僧人雇船載石佛，講的是石佛浮江的故事。畫中十多隻船，有划槳，搖櫓，張帆，拉縴，動作不一，全圖闊大華美風韻流暢，是盛唐的美妙之作，卻偏偏左下角一幅最早出現的大船圖

像被一大塊白色抹去。此圖此景猶如楊玉環豐腴紅潤的臉龐貼上了一大塊不乾淨的白紗布，看了不禁叫可惜，令人心恨不已！原來這是美國一個叫華爾納的所為。華爾納於一九二四年獲哈佛大學福格博物館資助，預先把化學藥品鋪在布上，在莫高窟五天工夫黏去壁畫二十餘幅，此是其中一幅。華爾納這種黏剝割取的手段，豈止賊得不雅，直是橫暴野蠻，難怪樊錦詩院長要說「令人髮指」了。

古文物命運的浮想

遊莫高窟，誠賞心悅目之事，且真感到敦煌石窟是個偉大的藝術寶庫，但到了藏經洞，看到三二三窟，浮想就特別多。近代中國古文獻古文物的流失海外，遠遠不限於敦煌，思之感慨。不幸中之大幸者，敦煌藏經洞的經卷、文書，幾乎都穩妥地展存在世界不同的博物館。學者研讀，應無阻難，不啻是世界之公產。一九八七年，莫高窟被聯合國教科文組織列為「世界遺產」，在某一意義上，亦是向全世界開放，供全人類觀賞。古文物的命運，禍福不一，古文物最怕的是不識貨，最不幸的是遭到敵意的破壞。文化大革命時，敦煌石窟就被咒為「魔窟」，而石窟的佛教藝術則被罵為「黑貨」、「毒

草」，可幸莫高窟遠在沙漠戈壁，逃過了紅衛兵的一劫，否則壁畫不被毀，佛像不遭斷頭削臂之厄運者難矣。二〇〇五年，阿富汗的南亞第一重要的巴米揚大石佛被塔利班狂熱分子炸毀的電視鏡頭，至今無法忘去。

榆林窟的峽谷勝景

十月八日，訪榆林窟。榆林窟是莫高窟的姊妹窟。

昨日看了一整天的彩塑、壁畫，雙腳還不算太累，因不停仰俯，脖子真有些酸硬。今天一大早上車，因需繞路，中午才到榆林窟，頗感倦怠，但當榆林窟出現在眼前時，一身懶意不翼而飛。好一個景色！這是團友落車後的同聲讚歎！榆林窟在莫高窟之東，安西縣西南一百五十里的峽谷中。石窟開鑿於榆林河峽谷相距一百米的東西兩岸，此所以榆林窟又名萬佛峽乎？萬佛峽是唐、五代、宋、西夏、元清八百年之壁畫和彩塑，東岩三十窟、西岩十一窟；峽谷中河水鏗鏘有聲，兩岸斜坡上有一叢叢矮樹，是點綴在一大片黃沙岩中的塊塊青綠。黃乃正兄以前來過，也不禁喜形於色，他夫人上下遊走，顯然是樂水樂山之人。我們總共看了八個石窟。培斌着衣不多，團中朋友忙為他披上厚外套，就容不得他受寒，他的講解是暗室中

上為榆林窟東崖，下為榆林窟西崖。作者提供圖片，選自《安西榆林窟》。

榆林窟第三窟普賢變壁畫是西夏之物。作者提供圖片，選自
《安西榆林窟》。

的明燈，當手電照在清代重修的塑像時，他輕輕說：「這是清代重塑的，很漂亮是吧，不必看了。」但到了第二窟，第三窟，特別是二十五窟，培斌的興致就來了，光照所到，他就娓娓而講，團友「噢」、「啊」之聲，隨他而舞。

第二窟的水月觀音圖聞名已久，一見難忘。水月觀音為唐大畫家周昉所創，壁畫中出現則在五代、宋後，敦煌石窟群中現存有二十九幅，而以此窟西夏的兩幅最為上乘。西夏壁畫如此精湛，誠使我喜出望外。兩尊觀音菩薩皆傍水倚石而坐，全身籠罩在水晶般的光暈之中。坐像之下，碧波蕩漾，流水粼粼；像之上方，皓月當空，彩雲朵朵；觀音身披天衣，瓔珞垂胸，華貴中見清雅，親切中顯莊重，據說四十年代，張大千來此臨畫時驚歎不已，流連忘返。佛教藝術中畫觀音菩薩者多，能如此畫之令人動容者，不數數見也。

大千居士的敦煌留痕

第三窟亦是西夏之物，四面壁畫，無不可觀，東壁的五十一面千手千眼觀音，固是絕妙佳構，而我最鍾意的則是西壁南北側的文殊變與普賢變二圖。文殊與普賢二菩薩，均一腳踏蓮，半跏趺坐在青獅與白象背上的蓮台之上，簇擁在周圍的

諸天菩薩，各都有十餘身，或乘雲，或踏水，或腳踩蓮花，都是頭戴高冠，身着寬袖長襦，純是佛教繪畫的中國意趣與風格。兩幅大畫之構圖極見巧思，諸天菩薩所立之方位，遠近不一，但覺雲步相連，滿天風動。論者認為整個畫面最有審美價值的是出神入化的線描藝術，不論是畫山畫水，畫樓閣或是畫人物，都把纖細遒勁的「鐵線描」與展轉自如、變化多端的「蘭葉描」的功夫，發揮到淋漓盡致。這樣的畫，這樣線描的本事，真是一生哪得幾回看啊！

不容說，到了榆林窟，誰都希望一睹第二十五窟。這是中唐石窟的極品，此壁的彌勒下生經變與西方淨土變，南壁的觀音無量壽經變，西壁的文殊與普賢變，都顯示了高度的精緻與純熟，體現了唐代豐腴美健絢爛華麗的風格。無怪乎大千居士甘冒苦寒而臨寫。此壁上，我看到居士題字：「辛巳十月二十四日，午後忽降大雪，正臨寫淨土變也。」居士之題名已被塗去，他的字我是認得的。常書鴻與他的妻子李承仙顯然也特別看重二十五窟，他們曾對整窟作重點臨摹。常書鴻之後的二任院長——段文傑、樊錦詩都把此窟視為唐代壁畫的典範。

欣賞了榆林窟，已近午時，團友個個面帶笑容步出石窟，

上左：六號墓的牛羊群磚畫。上右：六號墓的舞女磚畫。下圖：六號墓的室中的東側壁畫。作者提供圖片，選自《嘉峪關文物集萃》。

乃正兄説，他看過榆林窟，但這次才看到二、三、二十五窟。我們這個團真是幸運。我見梁英偉伉儷已悠閑地坐在峽谷崖邊一棵白揚樹下，身上灑滿了從樹枝中篩落的陽光。悄悄地，我用相機捕捉了他倆滿足的神情。

真的，此生如不到敦煌，是一恨事；到了敦煌，看了莫高窟而不到榆林窟，又是一憾事。我是如此感覺的，當我們離開榆林窟時。

一切隨緣

十月八日午後，我們去了鎖陽古城。古城為正方形，故有「算盤城」之稱。一說建於漢代，一說建於隋唐，是絲綢之路上的軍事重鎮，與陽關、玉門關遙相呼應，成鼎足之勢。我們的行程是從敦煌去嘉峪關，路經鎖陽，故有此遊。古城僅存四方殘牆，城內所見只是一堆一堆短柳灌叢。距城東約一公里處，唯一可見的是不辨面目的唐代開元寺遺址，據云唐僧曾在此講經。但古城當年面貌已完全無從想像，也很難興思古之幽情了。看了鎖陽古城，覺得陽關、玉門關不去或更好，至少我在詩句中還可繼續浪漫的神遊。

離鎖陽城，繼續東行去東千佛洞。東千佛洞是敦煌石窟群

之一，言藝術價值，恐非西千佛洞可比，只因我們要東去嘉峪關，故選遊此洞。意想不到，去東千佛洞途中，車子卻過不了一個新塌陷的沙石坑。大家落車，車重減輕，還是不濟事。此時天空白雲疾飛，戈壁灘默默無聲。在往昔，這是一個呼天不應，喚地不靈的沙漠絕境。但團友們談笑自若，無一絲驚慌，只見導遊用手機正與敦煌的公司聯絡，團友中還有用手機與香港朋友聊天，笑聲不絕。噢！手機之用大矣哉！大西北電話普遍程度不知，但所見者幾無人沒有手機，無怪乎中移動股票的一漲一落要牽動萬千香港市民的魂竅了。心中正想着手機，突聽見團中長者仁山兄大聲說：「不去東千佛洞了，去嘉峪關吧！」他這個決定看來是合乎民意的，團友無異議地魚貫上車，培斌說：「一切隨緣吧。」東千佛洞內當然也有西夏的精彩壁畫，玄奘取經圖早於《西遊記》三百年，甚著聲名，而其觀音曼陀羅還有「中國古代第一艷佛」之稱呢！此行不得一睹，無緣也。

邊城雄關今古

去嘉峪關的路上，車子足足走了三句鐘，將抵達這座長城最西端的關城時，已是黃昏時分。一輪紅日，自無涯大漠的西

邊，滾滾墜落，染紅了遠天一角。在城市住久了高樓，很難想像大漠落日可以如此壯麗。

是夜，宿嘉峪關賓館，晚飯後，團友三五結隊，分別在嘉峪關的新城散步。據告新城是一九六五年建的，以鋼鐵業為主幹，樓屋櫛比，規模不小，馬路寬直，兩旁種了一行行的樹，在燈光下顯得特別青翠。我了解這些樹是種在戈壁灘上的，生長不易，塞北有這等環保意識，令人歡喜。邊城一夜，睡得很穩。

十月九日晨，在陽光中登上已有六百年（明洪武建）歷史的嘉峪關，關池呈不規則四方形，十分宏大，內城外緣周長六百四十米，牆高九米，面積二十五萬平方米。關之南有祁連千仞雪山，關之北是氣勢險峻的黑山，兩山對峙，形成天險。清嘉慶肅州總兵李廷臣手書「天下雄關」四個大字，勒石為碑，這個「雄」字確用得好。一八七三年，清名將左宗棠出兵西域，收復新疆失地，趕走入侵的沙俄，回師過嘉峪關，心高氣壯，寫了「天下第一雄關」的匾額。他把長城東端「天下第一關」的山海關的「第一」二字加在「雄」字之前，越發抬高嘉峪關之雄了。

站在城頭，俯目四望，心氣油然而高而豪，所謂一人當

關，萬夫莫開，此之謂乎！一三七二年，明朝大將馮勝進軍河西，收歸敦煌，但未幾就在吐魯番進迫下全面東撤，並在肅州以西三十五里處修築了嘉峪關，據關而守。敦煌一帶的關西之地都置於防線以外，從此陸上絲路轉去海上絲路，中原與西域的交流雖非全斷，但中國西出的要隘已移至嘉峪關。在吐魯番統治下，敦煌火紅千年的佛教因之冷寂，莫高窟也從此湮沒無聞矣。

嘉峪關關城內外，景象大異，城之外，向東北遠望，所見是上不見飛鳥，下不見走獸，一片無際的蒼涼戈壁；城之內，東西一字排開的嘉峪關關樓、柔遠樓和光化樓，樓台相望，是一派人文氣象。三座都是三層木櫓木結構建築，樣式諧和，有古典美感，但我總覺得，嘉峪關關樓的美是雄性的，柔遠樓的美則是女性的。來不及看文昌閣、關帝廟，內城的青青柳枝，已叫人歡喜不已。當地人說，它們不是我想找的「左公柳」，在嘉峪關依然可見的是外城左宗棠手植的一棵兩人合抱，綠蔭如蓋的「左公楊」。

天下第一的地下畫廊

從嘉峪關關城出來，在鄰近不遠處參觀了長城博物館。

培斌説，這不是博物館，是展覽館，展覽的是一個上下三千年，東西一萬里的長城故事。很好，值得看。接着我們就去嘉峪關東北二十公里外的新城鄉的南郊。地上是一大片生趣寂無的戈壁灘。我們要看的是地下十數米深的墓穴中的魏晉壁畫。墓穴由紅磚砌成，壁畫就在四壁一塊一塊的紅磚上。七十年代在這片戈壁灘，發現了一千四百座磚墓群，規模龐大，有「世界最大的地下畫廊」之稱。在開掘的一部分中，參觀了第六、第七兩座墓，再看了西涼王墓，規格比一般世家的大了許許多多，墓道又長又寬，很有點氣派，但無帝王氣象。

地下的磚畫，筆法線條簡練有力，老拙中有稚氣，畫趣盎然，其中精卓的真有幾分新亞老畫家丁衍庸的筆意。六號墓磚所見羊群、馬群、雞群、獵鷹、獵犬，栩栩如生，七號墓磚上的飲宴、煎餅、燙雞、燒火做飯、貴婦人、侍女、騎士、舞之女、露車、幢蓋犢車，頗能意會當年中原移民的貴族式生活，這是我絲路之旅中意外的眼福。

蘭州：黃河之城

自嘉峪關坐一宵火車，十月十日清晨，進入中國地理中心的蘭州。

蘭州是唯一黃河通過市區的古城，我們在象徵母親河的母子石雕前下車停留片刻。生長在長江流域的我，還是第一次如此親近地站在這條孕育了中原文化的母親河的岸邊。對面是北山，隨滾滾河水向東遠處望去，茫茫濛濛裏見到黃河第一鐵橋。

　　蘭州的烟霞比香港濃了許多，一出火車站就感覺到了。蘭州是一個古老城市，近年發展力度大，空氣污染越發屬害，發展與環保顯然困擾着蘭州人。蘭州人指着路上濃濃鬱鬱的街樹說，槐樹是蘭州的市樹。樹好看，但樹葉卻沒有我在敦煌所見的翠綠。

甘肅絲路文明的故事

　　參觀甘肅省博物館是我們在蘭州唯一的旅遊活動。這是一幢現代西方式的大建築，如果把它挪到香港，它也是完全可以配得上「亞洲的世界城市」的身份的。甘肅省博物館的藏品豐富，大都是考古發掘的文物，逾八萬件。入館即見到寫着「甘肅絲綢之路文明」的石刻。忽然想起，我們此次絲路上所看的石窟都是在甘肅省的。佛教石窟遍布全國，但最集中的是在甘肅、新疆，兩地石窟共有二千一百九十七個之多。甘肅一省佔一千二百五十四個，堪稱國中第一。甘肅不只石窟多，地

下的自然與人文歷史更豐富。展品中一頭恐龍與一頭巨象的遺骸就是在甘肅出土的。大恐龍的遺骸是見過的，但這頭比非洲大象大近一倍的巨象則未之前見，據說它是中國迄今發現最大的古象。想牠活着的時候，跑起來一定是天動地搖！

館中展出的彩陶，一個櫥窗接着一個櫥窗，按時序系統陳列。為我們講解的女士，又專業，又有耐心，講得好，而且每問必答。近年國內考古發掘的成就真是出色，這是我第一次看到大地灣出土的彩陶，距今八千多年，比仰韶還早了二千年。好像近年每一次重要的考古發掘，就會把中國五千年歷史再上推千年。看來，中國歷史不止在世界最長壽，還可能是最早的呢！

甘肅省博物館的出土文物，值得看的實在多，到蘭州不來此館，就如到台北未去天母的故宮博物院，用廣東話説，是走寶了。因為是日下午要去炳靈寺，無法一室一廳的慢步品賞，我以走馬看花的速度，從一樓轉上一樓，一心要去看的是名聞海內外的鎮館之寶——銅奔馬。銅奔馬出土於河西四郡的武威，我定睛凝視大廳中心這件東漢的傑作時，不由對那位無名藝匠由衷歎佩！古有天馬之説，此非天馬而何？唯天馬可以行空，此正行空之天馬也歟！銅奔馬三足騰空，只有右後腿的

炳靈寺山水。作者攝

馬蹄與展翅飛燕相連，歷來多稱之謂「馬踏飛燕」，畫家常書鴻認為應將「踏」字易為「擺」字更當，我不知名之「蹄點飛燕」，如何？

炳靈寺的奇崛山水

絲路之旅最後的石窟尋勝是甘肅永靖縣的炳靈寺。

炳靈寺是著名的石窟寺，其藝術價值，有學者認為僅次於敦煌莫高窟。它特別受到重視的是：它在全國石窟中有最早的題記──「西秦建弘元年」(公元四二〇年)。莫高窟開鑿更早，但其最早的題記是──二八五窟「西魏大統四五年」(公五三八─五三九)，比炳靈寺的晚了百餘年。炳靈寺的稱謂歷代有變，今之名始於明代，取藏語「十萬佛」之音譯。炳靈寺自清以來，自生自滅，荒廢已久。二十世紀中，西北文化部文物處組織了趙望雲、常書鴻、夏同光、吳作人、李可染、張仃等人的「炳靈寺石窟勘察團」，才開始有了修建。今日石窟的編號就是常書鴻、夏同光與老工人竇占彪等在危岩上搭架攀登，於危危乎的情況下，逐一完成的。

炳靈寺有自西秦、北魏，經隋唐到明清各代石窟三十四個，龕一百四十九個，大小石雕佛像六百七十九尊，泥塑

八十二尊，壁畫九百平方米。這個以石雕佛像為主的寶庫，已是全國重點文物保護之地。我們從甘肅博物館出來，即乘車直奔劉家峽水電站大壩，約七十五公里。用過午餐，再在大壩處換登遊艇，飛馳在五十四公里長的高原平湖。五日來見多了沙漠戈壁，眼前景象迥然不同。湖水浩浩渺渺，兩岸山山相接，是一帶不盡的綠色。遊艇駕駛員說，坐遊艇去炳靈寺，一小時可達，未建水庫的大湖時，山川跋涉之勞就少不了。是的，我記得常書鴻等一行文士，一九五一年自蘭州出發到炳靈寺，又坐車，又乘馬，又步行，攀山涉水，歷經艱辛，用了整整三天時間。想起上一代人，越感到我輩今日旅遊是何其便捷舒適。昔之日，黃河在山谷中洶湧激盪；今之日，黃河在山山環抱中變成了高原平湖。兩岸綿延不絕，樣態奇特的大山，有點像漓江的兩岸，但又不像，倒是浙江的千島湖，使我覺得這個高原平湖可稱之「千山湖」。駕駛員說，湖水平時寧靜，大風雨來時，波濤滾湧，是另一種光景。這就讓我憶起一九八五年坐破船過太湖時的落難情景來。二十多年來，神州變化真大，真正說得上「敢教日月換新天」。他又說，此湖山勢變幻，有「黃河三峽」之景，曰劉家峽、曰炳靈峽、曰鹽鍋峽，語未竟，艇已進入姊妹峰，炳靈峽已在視域中矣。登岸遠

眺，但見山巒重疊，群峰自湖中千丈拔起，直是李可染的奇崛山水圖也。

最後所見的佛尊

入小積石山幽幽深谷，隨曲折迴廊，一轉再轉，景色因地形而三變，谷底積水未竭，河床綠樹處處，不知秋之將晚。昂首仰望，峰巒攢湧，霞蒸雲蔚，炳靈寺景觀奇秀壯美，未見石窟，已覺此行不虛。誠然，石窟破損太多，不是封閉，便是正在修建，不得其門而入，壁畫是看不到了；沿着迴廊，紅沙岩外壁的石刻佛像、菩薩像，約有百米之長，不少已經殘缺，但其中也有西北魏與唐代的精美佳作。明代的最多，培斌說藝術性不高。大家的興趣幾乎都投在八九層樓高的大佛身上了。大佛依山鑿刻，當是小積石山鎮山之佛，一里外已可見到巍峨身影。從山腳往上瞧，佛面雙眼如閉若開，嘴角緊鎖，似不忍見人間之苦而愁憂。

宗教味重，藝術的審美就不在刻匠的意念中了。講到審美的藝術性，我是十分欣賞一六九窟的雕像的。一六九窟是一天然石洞，洞中四壁都有佛像，有的正在修補中，最美的是右上壁兩尊佛像，秀骨清姿，結跏趺坐，在巨岩粼粼的石紋之

炳靈寺石雕。作者攝。

上圖：炳靈寺一六九窟內景。最後看見佛像的形象。作者攝。下圖：炳靈寺一六九窟內景。作者提供圖片，選自《中國古代雕塑》。

上，飄逸如坐層層雲天之中。這是我絲路文化之旅中最後所見佛尊的藝術形象。

絲路之行的體能考驗

我要一說的是，瞻賞一六九窟實在大不輕鬆，洞窟高度恰在大佛的眉眼之間，高不可攀。為了有心人瞻觀之誠，自山腳到洞口，炳靈寺中人搭建了五座上下相接的長梯。上去不易，下來更難。新亞校友個個藝高膽大，一個個氣閑神定的爬上去，一個個神定氣閑的爬下來。李潔蘭與夫婿吳文華都是退休之人，身子也有份量，但見他伉儷倆，妻上夫亦隨上，夫下妻亦隨下，手足相連，兩心合一，沒有驚叫，但聞掌聲。仁山與我是團中年歲最長之人，團友不免為我們擔心，但仁山真有本事，身輕如燕，爬搖搖乎的臨空長梯如履平地。我與仁山年歲相若，但體重超標甚多，所幸年輕時有健身的底子，深知不能學仁山如燕飛步，但臨危不亂，一心不作二用，一步步上，一步步下，也全身安然下得梯來，呼吸雖頗急促，還能作若無其事狀。不管怎樣，我自己暗暗歡喜，在這次絲路之行中通過了一次體能的考驗。

常留記憶敦煌行

訪遊了炳靈寺，新亞書院的「絲綢之路文化遊」已畫上圓滿句號。當晚回蘭州，宿陽光大酒店。晚餐時，喝酒泉的高粱，酒興高，但酒名與酒味已不復記憶。旅遊時，我總愛品當地的酒，嘗當地的菜色。蘭州拉麵是聞名已久的，團友們可以不喝酒，卻不肯不吃拉麵。奇怪的是，吃蘭州拉麵時，我越發想念香港尖沙嘴一家茶餐廳的牛腩撈麵。

翌日（十月十一日），從蘭州飛西安，再從西安飛香港。在機艙內，展讀五天來的所見、所聞、所思的筆記，自我的感覺很好。一生遊訪之地不少，因十九未作筆記，有的已淡忘，模糊了，但絲路所見、所聞、所思不會忘、忘不了。常留記憶敦煌行。

戊子年二〇〇八年正月初五完稿

銅奔馬，作者攝

歸去來兮，天台

天台「玉梁瀑布」絕景。本文
圖片均由作者提供，選自《天
台山》一書(浙江省天台縣人民
政府新聞辦公室出版)。

二〇〇七年五月十四日，家鄉浙江天台（台讀胎，非臺字之簡寫）的湯春甫先生來香港看我。湯先生的大名早有耳聞，他在天台縣造建佔地百畝的佛教城，有佛像萬尊，是被稱為「佛國仙地」的天台的一個新景觀。湯先生的佛像造塑冠絕一時，一九九二年世界佛教大會授予「佛藝大師」之封號。我在香港中文大學的研究室迎見這位法名普義居士的大師時，一見如故，無話不談，與大師同來的普濟居士陳河先生連說有緣有緣。湯大師說：「金教授，您是我們天台人，故特來看您。」說起天台，我已整整六十年未回去了。抗戰勝利後，十二歲時，父親帶我們一家回家鄉住了一個月。我對天台的印象很模糊，家鄉的事、家鄉的山山水水都是從父母口中得悉的。「啊！金教授，您已一個甲子未回家鄉了！真應該回去看看了！」湯大師的家鄉口音，字字入耳，使我原本就有回家鄉的念頭更堅定了，說實話，自雙親亡故，埋骨在台灣青山，我已把台灣視為「家」了！三年前，我在香港中文大學退休，樹基弟也在台灣從政府退休，我們不時想回到雙親的祖地看看，天台畢竟是我們的原鄉呵！更何況天台的人文風景一

直吸引着我們。李白的詩「龍樓鳳闕不肯住，飛騰直欲天台去」，把天台寫成了天城仙鄉！

因湯春甫大師的幾句話，我與樹基弟商量後，就決定了原鄉之行，心中不禁吟起「歸去來兮天台」！

天台是千年古城，古城多的是傳奇故事

六月一日，樹基弟夫婦、潤生兒夫婦與我五人會聚上海，下午二時許，坐陳河先生準備的中型小巴直奔天台，就這樣開始了我們的原鄉之行。

車經杭州、紹興，一直都在高速公路上奔馳，曾幾何時，高速公路還是開放改革後的新生事物，而今天中國的公路里數在全世界已僅居美國之後了。二十年來，交通的建設已根本改變了中國大陸的時間與空間。在我小時候，天台是個水陸難到的山城，就在幾年前，從上海到那裏，經省道、國道，行行重行行，還需折騰八九小時，而今天三個多鐘頭就可抵達了。

談笑間，陳河先生提醒大家已到新昌縣境內，此時車在爬山越嶺，在山之間一座座高架公路上盤旋而上，兩旁峰巒重疊，山勢突兀，我想起李白「天姥連天向天橫，勢拔五岳掩赤城」的詩句，我們該是在新昌的天姥山上了。既到了天姥

玉珠潭

山，天台山就在不遠了。說着說着，車已穿入二千四百米的盤龍嶺隧道，一出洞口，見到的又是山連山，山外有山，車在山巒青峰中蜿蜒盤旋，緩緩而下，正欣欣然欣賞着滿目的墨綠翠綠青綠，樹基弟說：「家鄉到了，看見不——『天台山歡迎您』的大牌坊？」

天台山盡人神之壯麗

天台縣因天台山而名，台州府想亦因天台縣而名吧！台州府在隋唐之際已擁有臨海、黃岩、天台、仙居、寧海五縣，居浙東的台州名山林立，括蒼、雁蕩、天台、巾子諸山，無不人文與自然雙美，千年來，騷人墨客，登臨不絕，朱熹有詩云：「今古詩人吟詠盡，好山無數在江南。」實則江南之勝，豈止在蘇杭，我家天台山高不過千餘公尺 (李白的「天台四萬八千丈」的誇張詩句，可與他的「白髮三千丈」齊觀)，但靈秀峻奇不可方物。天台山是「佛宗道源」之地。所謂佛宗，是指它是中國佛教八宗之首的天台宗的祖庭所在，道源則是指它是中國道教南宗的發祥地。故天台山有「東土靈山」之稱。東晉文學家孫綽《游天台山賦》，開首就讚歎：「天台山者，蓋山水之神秀者也……夫其峻極之狀，嘉祥之美，窮山海之瑰富，盡

人神之壯麗矣。」歷代文人高士如王羲之、李白、孟浩然、朱熹、陸游、湯顯祖、石濤，皆曾千里迢迢慕名登躡，無怪乎明代旅遊家徐霞客要把天台山作為出遊的第一座名山了！

黃昏時分，我們抵達天台山山麓的天台賓館，賓館依山而建，氣勢格局皆有可觀，最喜歡的是，我房間露台面對的是國清寺後一山的翠竹青松。聽說賓館是東南大學一位老教授的手筆。五月底，我曾在東南大學作「華英講座」，講「大學之道」。知道東南大學在中國古建築上最稱傑出。

當晚，家鄉的領導徐鳴華等幾位先生在賓館設宴款待，湯春甫大師亦在座，這是我與樹基弟事先完全不知的，很使我這個離鄉人愧不敢當。入席後，滿座親切的鄉音，一桌地道的家鄉口味，不需要白酒黃酒，我們已感到回到原鄉的溫暖。樹基弟感慨最深，在大陸開放改革前，他甚至覺得有生之年，到月球難，到家鄉更難。是夜，我與他踏踏實實地散步在家鄉的土地上，有一種心願得償的淡淡歡悅，但我們也不禁感歎，雙親自一九四九年一別故土便再無回鄉之日。說來，我們自己都已過「古稀今不稀」的七十之齡，此次，可惜妻因腿傷未來，但高興長子潤生與妻美嘉都同來了。潤生說他將來還會帶他的兒子文洛來天台，他是美國長大的，早有尋根的念想。

走出原鄉，成為家鄉的驕傲

　　天台的縣城，不特別大，還是蠻有格局的，我父親出生之地嶺跟則是一個隱蔽在深山冷坳的小村莊。我還依稀記得的是祖屋門前一條山水淙淙的左溪。陳政明先生為我們安排了「尋根之旅」，原先，樹基弟與我是準備悄悄地回老家的。事後想想，虧了陳先生、湯大師，不然真是無法找到這樣偏僻的地方的。我們剛抵達嶺跟，整個村莊已燃起爆竹，左溪兩旁，老老少少，男男女女，數百位鄉親都出來了。走近時，我們即刻被蜂擁而上的熱情的手和親切的笑容所包圍。這使我強烈感受到父親在家鄉有一個好名聲，好人望。一位同姓的村委會書記金先生，好不容易把我們帶進村委會的兩層樓的磚屋子，進門後，在鄉親主持下，按村民世代承襲的祭祀儀式，祭天地後再祭祖先。難得是潤生與美嘉在跪拜時做得中規中矩。到二樓，桌上擺滿了水果和糕餅，金書記代表村委會詞誠意切地歡迎我們回到家鄉，還要我題了字。金書記告訴我們，嶺跟正是我們入天台時所經盤龍嶺隧道口高架公路的山腳下，父親的祖屋因修築高架公路拆遷了，現在村委會的這間磚屋是政府賠償給父親的。我聽了，沒有驚訝，因為年前我已聽聞了。為了家鄉的發展，特別是為了天台可以與外面世界打開

方廣寺

一條大路，父親是不會生氣的。我與樹基弟隨即表示這幢賠償的兩層樓的磚屋，就給村委會使用吧！謝了村委會為我們新修的家譜，我步出屋外，認真地抬頭看那高聳入雲的盤龍嶺的高架公路，我可以體會到，深山無路，父親當年走出天台是何其之難啊！不是當年父親走出天台，他哪能有後來的一番事業？他又何能成為鄉人的驕傲？據說，在中國近二十年的大發展中，天台縣五十六萬人中，從天台走出去的已有十七萬之多。我相信這十七萬當中有不少已成為今天遍布大江南北的「浙商」了。

想起兒時，更想起雙親

離開父親的祖居地，我們一行去到木坑，走過一個又一個的小山頭，在一新建的水庫岸邊的小山上，看到了我祖父母的墓地。周圍樹木扶疏，而不見雜草叢生，墓園很整潔，想是鄉親已作了清掃，墓碑因年久呈黃褐色，但字跡清晰可見，上刻「民國二十一年十月吉日，金公登峴暨德配陳夫人之墓，浙江省政府主席黃紹雄題」。這個墓是父親手立的，祖父母生平我所知不多，但我們兄弟都十分清楚，祖母早年寡居，獨立撫養父親成人，她不理鄉里的阻勸，硬心把本來不多的祖田變

賣，讓父親出外求學，因她知道父親是一個不甘困守深山冷坳一輩子的青年，在父親口中，祖母是一位了不起的女性。

在微雨軟風中，拜了祖父母的墓，我們又轉到白鶴殿，那是我們母親的祖居之地。白鶴殿的名字有點仙氣，它是新開大路旁的一個大鎮，比父親的嶺跟體面多了。母親出身寬裕之家，是她甘心下嫁給窮書生的父親的。母親沒有正式讀過書，但深悉為人處世的禮數，她不止對她的兒女慈愛，對一切人都寬厚，母親信佛，在她生前很多人跟我說，「你母親像個菩薩」。回到家鄉就想起兒時，更想起雙親。如今白鶴殿、母親的祖屋已不在了。

白鶴殿鎮長帶我們去看母親的一房親戚，夫婦二人是從遙遠的寧夏趕回來與我們相見的。兩層樓的家，一百多平方米，傢俬都是新的，電視機比我家裏的先進許多，他們的家境不會低於香港的中產家庭，他們是「走出去」的一對天台人。鎮長說，不算大的白鶴殿，走出去的人不算少，竟有十人在外營商，賺得上億身家，這十個人有十個故事，口傳口，時間久了，有的故事便會變成迹近奇迹的傳說。是的，白鶴殿向來就多傳說。抗戰期間，一支日軍來到天台，當行至白鶴殿時，突然停止前行，把槍頭倒轉過來，因為前方就是天台山的

國清寺。國清寺是佛國聖地，更是日本天台宗的祖庭，日軍不敢再弄槍舞刀了。

有個傳說更神，日軍的一隊軍馬，行到白鶴殿的石板路時，都齊齊下跪不前了。天台是個千年古城，古城多的是傳奇的故事。

名山古剎：中國山水文化的絕色

到天台，不能不遊天台山；遊天台山，不能不訪國清寺。國清寺是隋代古剎，已一千四百年了。佛教自東漢傳入中土之後，中國的名山幾乎沒有不建有寺廟的，名山古剎是中國山水文化的風景絕色。

天台山的國清寺是隋煬帝楊廣為紀念創立第一個中國佛教的宗派——天台宗的智顗大師而建造的，始名天台寺，大業元年賜額「國清」。智顗大師（五三八—五九八）十八歲出家，太建七年（五七五）入天台山，建草庵，講經修法，後在京城、荊州、廬山等地講經，隋開皇十六年（五九六），歸天台，十七年在石城寺入滅，葬天台佛瓏山。

智顗遠紹天竺龍樹，近承北齊慧文、慧思，以大乘佛典為依據，融會中印文化，強調「止觀雙運」，提出「一念三千」

國清寺

和「三諦圓融」特創之說，建立中國佛教第一宗。因智顗棲息天台山，故名「天台宗」。智顗生前已有「人間說法，最為第一」之譽，後世尊為「東土釋迦」。智顗曾為陳、隋兩帝之師，隋煬帝為晉王時謂「大師傳佛法燈，宜稱智者」，此後世人稱「智者大師」。東土佛國，教派林立，各自說法各自精彩，法相宗創始人唐僧玄奘，千山萬水，西域取經，固是一代聖師，因《西遊記》一書，玄奘更成為家喻戶曉的人物，但數中國佛教之奠基人則非智者莫屬。他是中土佛門第一僧。

　　智者大師著述宏富，即以晚年講述，經弟子灌頂大師筆錄而成的《法華文句》、《法華玄義》和《摩訶止觀》，世稱「天台三大部」而言，足可稱得起博大精深四字。新儒家中最具哲思的牟宗三先生，說到天台宗圓教的哲學智慧和哲學境界時，三致其意，推崇之至。中大校友，現在浸會大學教授佛學的吳汝鈞教授，專治天台宗，他寫的《天台智顗的心靈哲學》使我得益甚多。我是天台人，但對天台宗卻是門外人，為了參訪國清寺，曾讀了些有關天台宗的書。真的，遊國清寺，必須是「讀」國清寺，國清寺是一部大書。這部大書的中心是天台宗，天台宗的核心人物是智者大師。

「十里松門國清寺」

　　小時候與樹基弟遊國清寺，最難忘記的印象不是寺，而是去到寺門一條長長的青松夾道的磚鋪幽徑。此後幾十年，國內國外，不知去過多少地方，但再也未見這樣一條走不盡，也捨不得走盡的蔽天綠蔭的萬松之徑。後來讀到唐人皮日休「十里松門國清寺」的詩句，方知我記憶不欺。不過，這次車子行在瀝青路上，剛欣見兩旁面熟的青松時，車已停在國清寺的山門外了，當地人說「十里松門」的國清路比前短了許多，我還來不及問原因，已經被國清寺山門外的景色所吸引。這使我想起著名的「五峰勝景」。國清寺四圍是五座山峰，寺前祥雲峰，寺後八桂峰，寺東靈禽峰，寺西靈芝峰，寺之西北面有映霞峰。站在「隋代古剎」照壁前，古木參天，看不清五峰之勝，但覺霧嵐縹緲，山風習習，真是個清幽世界。此時萬籟俱寂，只聽到「豐干橋」下北澗和西澗合匯相激的錚鏦之聲。據說，盛夏大雨時分，山洪暴發，兩澗一清一黃，交相激盪，蔚為奇觀，稱「雙澗迴瀾」，是天台八大景之一。

　　國清寺建於隋，唐會昌年間(八四五)，武宗下詔滅佛，寺被拆毀，僧侶逃避深山。唐宣宗即位，重興寺剎，在廢墟上重建殿宇，達八百間，還從京城運來大鐘和一部藏經，並請

書法大家柳公權題寫「大中國清之寺」匾額，鑴刻於八桂峰岩壁上。

　　從唐到清雍正八百八十年中，國清寺屢遭風雨兵火，屢次修建，雍正時曾全面整修，到了一九六〇年代後期，遇上「橫掃四舊」的文化大革命，國清古刹又遭浩劫，佛像佛器被毀，僧人被迫還俗，房產被佔，殿宇荒墮，森林失管，寺刹面目全非，是國清寺千年來遭遇的人造大法難。今天所見的國清寺大體是規復了雍正年間的面貌。這是一九七三年周恩來主持的國務院特示下，經中央、地方動員配合全力搶修，越兩年的時間完成的。這個修復大工程中連大雄寶殿重十三噸的釋迦牟尼銅像都是專程由四千里外的北京，移駕到國清的。國務院之所以十萬火急搶修國清寺，是為了接待一九七五年日本天台宗及其他宗派，包括新興的創價學會、孝道團等宗教團體來國清的參拜。此後，日本與韓國來天台的團體、信徒絡繹不絕。韓國小白山的天台宗也是以天台山的天台宗為祖庭的。一九八〇年，鑒真大師像回國投親期間，來天台參拜朝聖的日本人士更達二百五十人，團長中里德海說：「中國天台山與(日本)比叡山，猶如父子山，我們這次參拜是向祖先報恩來的，也是朝拜祖庭來的。」

左圖：韓國天台宗本山小白山救仁寺。　右圖：日本天台宗本山比叡山延歷寺。

中日文化的關係千絲萬縷，日本「大化改革」得之於中國者既多且深，但百多年來，日本脫亞入歐，眼中已無中國矣。像日本天台宗對中國天台宗這樣認祖報恩的大舉動實在鮮見了。不過，我們也必須認清，今天日本對智者大師勝義的研究，對天台宗佛理的闡發，學者輩出，蔚為重鎮，而返觀中土，無神論當道，「佛門淡泊」久矣！

寒山子仙懷禪風

走進國清寺，不覺得特別宏偉壯美，唯建築森嚴重疊，幽深中透顯了大氣和貴氣。在五條縱軸線上，布置了三十餘座殿堂、樓、室。由於寺院建在山坡，一些殿宇依地形地貌設計，頗感空靈不羈。中軸線上由低到高，分布着彌勒殿、雨花殿、大雄寶殿和觀音殿，氣象森森，讓你立即感到已進入佛國天地了。東西軸線上，先後有鐘樓、鼓樓、止觀堂、妙法堂、三賢殿、伽藍堂、三佛閣、方丈樓、迎塔樓、大徹堂、修竹軒，看不勝看，使你更覺佛國世界之富美，而國清寺最有趣致的是三十餘幢建築，分別構成形態各異、大小不同的五十多個院子，真是可以遊，可以憩，可以吟詠。對於我這個方外人，在這許多堂殿中，三賢殿供奉的豐干、寒山和拾得三位詩

僧，最令人親切。寒山、拾得在民間文化中是和合二仙。我在八六年遊蘇州時，當然去了張繼詩中姑蘇城外楓橋鎮的寒山寺。當地人說，寒山寺是寒山與拾得二人所建的庵名。我不知寒山寺的真正來由，但我知道，寒山、拾得得道成仙之地不在他處，而正在我家天台山。

寒山是中唐陝西咸陽人，出身書香門第，通讀三史五經。來天台山後，「拋絕紅塵境」，又參禪，又修道，是一位儒釋道三者兼融的隱逸詩人。他寫的詩是胡適最提倡的直心真語的白話詩。寒山長壽，大概活了一百零五歲，豐干、拾得都先他而去，他一個人在天台的寒石山孤寂地生活了幾十年。

在寒山筆下的寒石山唯有青山與綠水，蒼松和白雲。寒石山水造就了寒山子的仙懷禪風，而寒山子的寒山詩也寫出了寒石山的大自然天地精神。論者謂「寒山因寒石山而得名，寒石山因寒山而具有靈性」，的是無虛。五十年代，美國的加里·斯奈德 (Gary Synder) 譯了寒山二十四首寒山詩 (其中二十首是寫寒石山的)，使寒山詩名遠播西方。一九九八年弗雷澤 (Charles Frazier) 的小説 Cold Mountain (《寒山》) 更成為暢銷書，後來還拍成了同名的電影，造成了西方的「寒山熱」。天台年輕學者何善蒙博士月前送給我他寫的《隱逸詩人——寒山

傳》。他寫得真好，寒山也會喜歡的。

千年隋梅有靈性有性格

　　遊國清寺，另一使我歡喜不已的是大雄寶殿東側梅亭的一株隋代古梅。這株隋梅傳說是智者大師第一門徒，也是國清祖師灌頂大師手植的，已千四百年矣；老幹如藤，大可合抱，新枝繁茂，綠蓋梅亭。寺中人說，隋梅有靈性，也有性格，一九六八年，古寺遭劫，隋梅主幹枯萎，似寧死而不欲生，但到了一九七一年開春，古剎重修有望，次幹居然抽出新枝，寺僧奔走相告。到了一九七三年，國清寺大整修，隋梅竟花開香飄，一片春意，真不可思議之至。一九八五年後，每屆冬時，繁花滿枝，如雪如霞，花期之後，彌果纍纍。午時，允觀法師在迎塔樓二樓設素宴，竟有特製隋梅梅子款待，入口清甜，美不可言，而在前廊遠處更見千年隋塔浮突在一大片綠蔭之上。在隋之寺，啖隋之梅，賞隋之塔，我真感覺回到了一千四百年前的歷史時光。遊國清寺之樂，無復可加矣！

　　離寺時，允觀法師贈我與樹基弟《國清寺志》及《妙法蓮華經》各一部。我相信，他日有緣再來之時，應該更能讀懂國清寺這部千年古書了。

天台濟公東院

天台是一座古老山城，最近十幾年裏，古城已經換了新顏，新城區固是全新的，代出人才，有百年歷史的天台中學在新區就有全國一流的新校舍。老城區也是一路路、一街街的新屋，有的新得可愛，有的新得就不算有品位。對少小離家的我，不免有了陌生之感，但山城貧窮的逐年減滅，總叫人高興。浙江省近年在全國經濟發展中位列前茅，天台不像溫州、寧波、義烏那些城市，在工商業上名騰中外，但天台在中國發展的歷史性大機運中，也沒有缺席。從家鄉父母官黃繼滿先生他們的言談中，很可感受到他們有一套發展天台的思維，他們珍惜天台的文化資源和自然資源，在我看，論文化資源之深厚，自然資源之富美，天台肯定是世界級的，我與樹基弟很贊成他們把天台定位在文化城、生態城和旅遊城上，也贊同開發創新文化和觀光產業是一條正路。天台以有像「銀輪」那樣與世界接軌的高科技公司為傲，但黃繼滿縣長表示決不會引進產生污染的工業。我們在天台的幾天，正是藍藻污毒太湖，無錫市民為水而叫苦連天。天台水質之美是遐邇聞名的，天台山的「石梁」啤酒的聲名已越傳越遠。

「永遠的天台」

天台在變中，變是必然之道，但我也希望天台在變中有不變的東西，總希望天台永遠保有我的原鄉的那種特有神采。此行我未能真正遊新城，也未遊老城的老街，家鄉的老與新，變與不變，還看不全。天台詩人陳邦杰先生送了我一本他寫的《永遠的天台》。他的妙筆寫出了我心中清楚、但說不清楚的「永遠的天台」。

濟公故居是我此行十分想去的天台新景點。在天台成仙成佛的人中，東漢劉（晨）阮（肇）二人入天台山採藥遇仙女的故事有撲朔迷離之美感；寒山、拾得的身世則充滿禪趣詩意，但講到天台人心中的最愛，恐必是道濟天下的濟公了。一九八五年我遊杭州靈隱寺，最令我驚喜的是，原來寺中供奉的濟公是我家鄉天台人。衣衫襤褸、身掛酒葫蘆、懷揣狗肉，手搖破蕉扇，這是濟公的形象。其實，濟公其人，禪學深邃，詩文了得，他的《飲酒》詩：「何須林景勝瀟湘，只願西湖化為酒，我身臥倒西湖邊，一浪來時吞一口。」浪漫如出太白之手。因家鄉裴斐的《走出天台的濟公》一書，使我對濟公增長了許多認識。

濟公的佛性與俠義

　　濟公是宋朝人，姓李名修元，他的《自供狀》説：「幼生宦室，長入空門。」濟公的先祖中還有做過駙馬爺的，顯赫一時。靖康之難，北宋傾覆，李家隨宋室南遷，擇居於天台山南麓的永寧村。李修元深感到「人生無常」、「富貴浮雲」的道理，先在國清寺剃度，後來又在杭州靈隱寺投師，走上了般若人生路。因為濟公有佛性又有俠義，好打人間不平事，民間就有了種種美麗傳説。南宋時已有濟公為降龍羅漢投胎轉世之説，明清二代更多了濟公的傳記。就這樣，年代遠了，濟公像關公、包公、媽祖、寒山都成了「人間神」。用句時代的話語，濟公是「人民的活佛」。講到底，濟公是平民百姓的理想與希望的投射與化身，這是宗教社會學中一個很有意義的課題。

　　無論如何，濟公的傳説為天台這個古城增添了許多觀光魅力。天台縣政府於二〇〇二年，在李家故居的十六畝土地上，投資二千五百萬人民幣，展開了濟公故居的復建工程。這個工程的圖樣是古建築學者專家依據史典考勘舊迹精心構製而成，今日我們所見的是一組宅第街坊、樓台亭閣與水榭園林薈萃一體的仿宋建築群。我常覺得，仿古建築是很危險的，做不

天台瓊台景致

到家，便落個「庸俗」二字，大江南北、台灣香港，隨處多有，但天台的濟公故居，便無此病。天台的古趣，不時讓我聯想起京都和奈良。

文化風景線上的新景點

天台另一個不可不看的新景觀便是湯春甫大師打造的佛教城。佛教城在國清隋塔東側，佔地百畝，兩層大樓多個寬大館室展放了湯大師與他指導的三百多位藝匠製作的萬千佛像。這些佛像或立或坐，或大或小，形神畢肖、活靈活現，我們每參觀一館，便有一次讚歎。行至五百羅漢大館，便不啻又一次到了國清寺的羅漢堂，千姿百態，栩栩若天上降臨人間。而室外巨型的彌勒佛，高近三四層樓，遠遠瞻望，已聞其開懷大笑之聲，樹基弟問：「木雕金漆佛像置於室外，不怕日曬雨淋？」

湯大師笑答：「不怕，金漆木雕佛像，千年不變！」原來佛教城木雕佛身上的金漆用的是「乾漆夾苧法」技藝，這種技藝始於晉代，是天台僧人所發明，歷代傳接，百千年不絕，但到了一九五〇年代，因戰亂，技藝幾失傳，文革一劫，更將此千年技藝，摧毀殆盡。近二十年來，湯大師組織民間藝匠對

「乾漆夾苧法」進行挖掘、整理、創新，苦苦鑽研，使失傳的傳統手工藝技法重新回復生命。據告，這種技藝需用十三種天台原材料，需經四十八道工藝流程，既是工技，又是藝術，世上唯中國獨有，佛教城所製佛像已為六十多個國家的博物館及宗教寺院所珍藏或供奉。湯大師重傳承，亦重創新，近年更多次到武漢等地甄聘人材，不斷優化強化佛教城的工藝品質與能量。事實上，佛教城已是天台一項特有文化產業的重地。我知道湯大師有意將佛教城捐給政府，而他個人今日最大心力所在是海寧安國寺的重建。陳河先生說，安國寺之重建，需資六億，其中大雄寶殿的釋迦牟尼坐像高四十八米，是世界最大的室內佛像，正是湯大師的傳世手藝，安國寺的設計是全國著名古建築專家學者的心血，這項大工程由陳河先生督建，他說：「我希望一生中做一件大事，這就是我棄商向佛，隨湯大師要做的大事。」

離佛教城前，湯大師夫人以佛教城內所植的楊梅和桃子款待，並請我們飲天台的雲霧茶。雲霧茶之清淡幽香實不輸西湖龍井。後來知道，日本種茶之先驅是日本天台宗創始人最澄法師，唐之時，他到天台山學佛，把雲霧茶帶回扶桑，播種在比叡山的日吉茶園，南宋時，榮西法師更二度到天台山，求證天

台宗佛理，也把天台山的雲霧茶攜回日本種植，榮西以茶能養生延壽，又是修禪之妙品，著有《吃茶養生記》，日本飲茶之風是他帶起的，在日本他有「茶祖」之譽。忽然想起，中國的茶祖陸羽是唐朝人，陸羽寫的《茶經》未知榮西讀過未？

天台畫卷上增添的魅力

　　湯春甫先生知我重視文化產業的開發，他說我應該去見見他的一位好朋友，是天台的一位奇人，對天台文化產業的開發有了不起的成就。湯大師本人就是一位奇人，他如此推美，我當然樂意會會浙江天皇藥業有限公司的陳立鑽先生。陳先生種植開發的石斛，被視為天台仙草，他把石斛製成「鐵皮楓斗顆粒」，暢銷全國，供不應求，早已是億萬身家的企業家了。陳立鑽年輕時，做過赤腳醫生，深知天台山的石斛有醫療奇效，但石斛多長在絕岩削壁上，不易採摘，且為數稀少，於是他獨自居於天台山巔的華頂，動手動腳做起石斛移植的研究。一次又一次的失敗，一年復一年的試驗，像一個苦行僧，在華頂的寂天寞地整整生活工作了八個年頭，皇天不負有心人，他終於獲得成功。現在他在縣城的一座二十多層的生化科技大樓，專做石斛的培育，又有四千多畝的土地，作大量石

國清寺豐干橋

斟的人工栽植。陳立鑽是這樣堅毅不拔地為天台創造了這門文化產業的奇迹。陳先生像湯大師，都皈信佛法，也像湯大師，都有創大事業的雄心和魄力。據他說，最近在他建造一間高規格酒店的地下，不意挖掘出極佳質素的溫泉來，這是天台從未有之的觀光資源，真是天助自助者。在天台打造為一等一的旅遊城市的路上，我想陳立鑽先生應該會是一位領軍人物。

天台在變中，在天台的文化風景線上，我看到新事物，新景觀，他們為天台的畫卷增添了美麗，他們屬於「永遠的天台」。

家鄉的山，家鄉的水

在家鄉四日，溫文儒雅、熟知天台事物的陳政明先生陪我們去了要去的地方，看了我們想看的景物。他說的是，四日的時間要遍遊天台是不可能的，更何況我與樹基弟不肯走馬看花，不喜歡蜻蜓點水、「到此一遊」式的遊訪，那樣對天台的山水之美是體會不到的。說到山水，我們當然想去聞名已久的「石梁飛瀑」，石梁飛瀑在我雙親口中是一幅最是奇絕的山水畫。但由於時間不足，石梁路遠難至，我們就去了當地人讚美不已的「瓊台仙谷」。

瓊台是創立道教南宗的天台人張伯端鍊丹修道之地，洞天福地，景致素稱幽絕，峭壁巉岩直落深深谷底，造成高峻奇拔的大峽谷，當年有「百丈瓊台」之稱。幾年前，縣府在高山群峰間鑿築了方圓數里的水庫，大峽谷變身為大龍潭，青青峰巒，翠翠碧水，少了七分險峻，多了三分清澄。路橋上臨水而建的一座樓台亭閣，遠遠觀去如水中瑤台，清雅玄美裏帶有仙氣。一位導遊的年輕女士指着頭頂上的山峰，「金教授，看！看見一個個小小的身影嗎？遊客正在攀登山之巔的道觀呢！」我是無力這樣的攀跩了。樹基弟小我一歲，爬山的本事高過我，但也同意，此時此刻，放步在傍山依水的長長迴廊更能品山水之勝。在離開天台之前，我們只圖再看看家鄉的山，再看看家鄉的水。

　　歸去來兮天台，四日的原鄉之行，載滿了一甲子的懷思。家鄉的山水，家鄉的口味，家鄉的人情，倒讓我有了回家之後再離家的情怯。踏上回港之路時，我們一行五人，向湯大師，向陳政明先生，還有許多送別的鄉人揮手示謝，但樹基弟與我都沒有說「別矣，天台」。

離家情怯

　　我們此次回天台，了卻了多年的心願，真是稱心而快意也，是的，此行未能一到夢遊已久的「石梁飛瀑」固然不無遺憾，但未去而應到的地方多矣。天台有八大景，五小景，有名有姓的三十六景，我們看到過的不及十之一二。是的，我心中最想去的有：金地嶺和銀地嶺接合的山崗上的智者肉身塔國清寺開山祖師章安(灌頂)大師的紀念碑亭；寒山子作詩閑遊的寒岩洞、寒山湖；濟公少時讀書修持的赤城山；北京大會堂那幅《江山如此多嬌》巨畫作背景的九遮山；更有可以看歸雲，可以賞奇花(著名的雲錦杜鵑)，可以品雲霧清茶的天台山之巔的華頂。樹基弟與我早有想法，此次原鄉之行，主要是為了探望雙親的故居，拜祭祖父母之墓，至於家鄉的勝景美色，不能更不必一次看盡，真的！山水常有，鄉情常在，我們今日未到不到的地方，都是為他年他日再來時。

二○○七年七月四日

山水常有，鄉情常在

最難忘情是山水

智者大師

今年五月九日，香港中文大學應北京大學、清華大學及科學院的邀請，馬臨校長率領一個七人代表團前往北京作七日的訪問，我是團員之一。這三個學術機構的負責人，都曾來過中大，這次代表團北上不止是禮貌性的報聘，也是具體落實學術上的交流與合作。

趁這次北京訪問之便，我又轉到江南作九日之遊。事先，內子與我已在香港參加了一個商業性的旅行團。行程是香港─廣州─南京─蘇州─無錫─杭州─上海─廣州─香港。我們是十八日在南京與旅行團會合的。大陸之行。共十七天，先後歷七城，縱貫大江南北，雖是走馬看花，卻也是頗有所見，略有所聞，更不無一些所感所思。這篇小文章則是照旅行筆記改寫而成，是感性的、片段的、印象式的，談的不是甚麼大問題，只是些山水名勝的觀感。誠然，神州之行，最難忘情是山水。

一九八五年六月十七日

北京

　　北京七日，一直住在北大勺園賓館(正式訪問畢，次日即搬到友誼賓館)，寬敞舒適，環境清新。北大以原來燕京大學舊址為中心，古色古香，別有風格；校園大而平坦，最宜單車代步。如果無急事，漫步在花草樹木之間，倒也有份安逸的趣致。在有名的「未名湖」畔，早晚仍然能領略到北國春天的氣息。

　　北大是中國大學之魂，在五四、新文化運動中都扮演了主要角色。在許多新舊建築和雕像中，使我忍不住要前往瞻仰的是蔡元培先生的半身像，據說是去年樹立的。蔡先生倡導的大學精神是「自由的精神」，也是「容忍的精神」。在他的領導下，北大才成為「囊括大典，網羅眾家」的學府。有孑民先生的精神，北大才能成其「大」。孑民先生的雕像較之北大清華校園中毛澤東的像是小得不成比例的，但瞻仰先生的像時，總覺得他有胸納百川的襟懷！

　　清華與北大只是一間之隔，世界上很少有二所著名學府如此鄰近的。二校雖只一間之隔，但它們卻有很不同的學風。

上圖:在有名的「未名湖」畔,能領略到北國春天的氣息。下圖:遊長城甚麼季節都可以,長城是屬於四季的,但千萬不可假日去,人一多,風光黯然!

在緊湊的日程裏，我曾二度到清華園的「水木清華」。一池清淺，碧綠如玉，天光雲影，盡得風流，好一片優雅恬靜的小天地！真是名不虛傳的「水木清華」，無怪乎老清華的校友對她總是魂牽夢引呢！

北京這個古都，給人一種闊大、古樸和博厚的感受，在遊賞長城、故宮、天壇這些古建築時，這種感受就更強烈了。

到八達嶺，步上長城的城頭，看青山逶迤，白雲繚繞，真有千古之思。長城如一卷讀不完的史詩，記載了太多這個古老民族的滄桑！不知是不是因為城上萬頭洶湧的人潮，蠕蠕而動，突然使我覺得長城像一條滿身傷痕的蒼龍，他艱難的呼吸隨着群山起伏！

遊長城甚麼季節都可以，長城是屬於四季的，但千萬不可假日去，人一多，風光黯然！

故宮是一座樓閣層層、殿宇重重的紫禁城，千門萬戶，深深不知幾許？這是明清二代五百年間二十四個皇帝居住的地方。格局之大，氣派之偉，實非我所見歐洲其他宮殿可以望其項背，而日本的皇宮，真要屬於「迷妳型」的了！這裏九千餘間房屋不知匿藏了多少稗宮野史，清王朝的崩潰並沒有減少它神秘的誘惑力。

要欣賞故宮建築之美，最好到宮院後面的景山主峰。站在「萬春亭」上，紫禁城的全景都來眼前，檐檐樓閣，如浮在天際的片片彩雲，紅牆黃瓦，金光閃爍，一波接一波的便是那著名的「宮殿之海」了。

北京是好古者不易消化的舊都。太多的古蹟，在匆匆的行程中是賞之不盡的。但無論如何，天壇還是「必看」的建築。天壇建於明永樂年間 (1420年)，是帝王祭天之處，面積達四千畝，較故宮猶闊大，氣派軒昂，雍容華貴，有上國之風。自北門入，有「祈年殿」，南門則有圓丘壇，中間有二百六十米長的「丹陛橋」相連。「祈年殿」高三十二米，為一座鎏金寶頂，全由木建的三層重檐的圓型大殿。大殿由潔白的壇體襯托而起，壇分三層，四周以漢白玉為石欄，由於壇體逐次收縮向上，予人拔地而起、聳入雲天之感。有詩贊曰：「白玉高壇紫翠重，不是天宮似天宮」，確是寫景佳句！在北京八天，除了北大、清華和科學院，足跡所至，盡是名勝古蹟。

南　京

五月十八日，坐軟席臥舖的火車於清晨四時抵達南京。

在北京火車站，我第一次經驗到交通「緊張」的滋味。偌大的火車站擠得水洩不通，軟席臥舖不是一般老百姓容易買得到的，拿外匯券的港澳同胞，多少享有些免於擁擠的自由。

南京是六朝古都，在今日自再感受不到金陵王氣了。

在沒有與香港的旅行團會合前，樂得到處逛逛。

找不到「出租汽車」，倒樂於試試公共汽車。一上車，便見一四十左右的漢子，「噗」的一聲，朝車外吐了口痰，面不改色，氣定神閑，在單車如林的街上，居然無人遭殃，真是阿彌陀佛！北京正發起如火如荼的「反吐痰」運動，所到之處，不但不見有人吐痰，地面亦甚潔淨。故宮如此，太廟、西山、頤和園，乃至北海、長城都如此。在北京，吐一口痰，罰款五角，在南京是二角，是三角錢的價格差異，便有這樣不同的效果？正懷疑間，路旁兩邊綠蔭蔽天的梧桐把我吸引住了。在此次所至的各個城市，街道二旁的樹木是令人喜悅的；此刻我仍然難忘北京機場路上那十幾公里的青青柳色。

南京夫子廟是熱鬧的地方，街容是又破又舊的，不過，倒有北京王府井不易見到的生氣。個體戶販攤上，金魚、雨花石、傀儡、牛仔褲都有，花樣不少。猛然看到橫掛着「貫徹活而不亂、管而不死的方針」的標語。在旅行期間，不常見到政

一抬眼,樹上盡曬着衣褲,我已不驚訝,這是南遊以來常見的景色了。要探古尋勝,還得去風景勝地;説無錫之勝,自然是在太湖了。

治口號；關於經濟和「文明」的倒有一些，看來中共真決心想走出「一放就亂，一收就死」的經濟死胡同。我到北京的當天，正是物價調整的時候，大家就怕通貨膨脹，工資跟不上。

不錯，新街口一帶的商店齊整得多，依稀可以想像當年的風華，不過，而今卻也只落得破舊二字。在館子裏吃了頓餃子，不算差，我也不敢期望太多。館子外的景象使我不期然想起五十年代的台北，有點相似，又不相似，人太多了，單車也太多了，多得有一種壓力感。這種壓力感在各個城市都一樣重。人，人潮，人海！人一多，人的尊嚴都降了幾度，又使我不能不想起北大清華所見的毛澤東巨像，是他說的：「人多好辦事。」如今，第一個大問題就是人口問題，大陸的四個現代化真是步履維艱啊！

新街口上的金陵飯店是一聳入天際的巨型建築，是一位新加坡華僑斥資四千八百萬美元建的。這座八十年代的大樓，矗立在四周五十年代或更早的建築物當中，那種對比真是強烈。看金陵飯店的設計，真會相信它是香港中環飛落到此的，無怪整日都有人群圍在門口向裏面張望。是對「未來」的好奇？還是對「資本主義」的迷惑？

南京的古蹟名勝不少，無樑殿、中華樓，皆令人低徊不已。玄武湖更比北海公園清雅幾分。站在雄健的長江大橋橋頭，看滾滾江水，自有一番豪情。但在旅行團參觀的節目中，印象最深刻的便是中山陵了。

中山陵是中山先生之陵寢，瞻仰者絡繹不絕。晨雨之後，鬱鬱蒼蒼，更顯得沉雄博大，「中國國民黨葬總理孫先生於此」碑石上的金字，光澤如新，這是「重點文物保護單位」，看來是有經常維修的。中山陵共三九二級，從下面望上去，層層疊疊，如有千級，有高山仰止之感；從上面往下看，則只見一片片廣闊的平台，似全無階級也。此最能顯中山先生平易近人的精神。中山陵出自呂彥直的手筆，當時他不過三十許人，他的設計之難能處，在於捕捉住中山先生人格之偉大，卻沒有把中山先生塑造為神！

蘇　州

從南京到蘇州，車外的水田越來越綠了，遠邊近處的紅磚村屋，在陽光下，顯得好新鮮。江南水鄉本有情致，農家添新屋，總叫人看了歡喜。

進蘇州，已是近午時分。梧桐的濃蔭遮不盡白牆、墨瓦的

古意雅趣，小城的街道玲瓏得我見猶憐。還來不及咀嚼匆匆的第一面，汽車、單車、人群之爭先恐後，此起彼落的喇叭聲，我那份準備擁抱江南半個仙鄉的心情已經冷了半截，更有那一塊塊、一條條店面上的簡體字，把這個二千四百九十九年的名城裝點得今不今、古不古。最難堪的恐還是穿插在大街小巷的小河，水仍是水，只是已成為與污物浮沉的濁流了！

一牆之隔，改變了我蘇州之旅的情懷！

只需穿過一道牆，便進入四百年前明代的「拙政園」了。由東園進入中園，在「倚虹亭」畔，園中景色已難消受，小立「遠香亭」，南北皆是平台池水，更幽趣橫生矣。池中復有二山，西山有「雪香雲蔚亭」，東山有「待霜亭」，山上通植林木花竹，盡得自然之致，兩山之間連以溪橋，更有景景相連之趣。全園佔地六十餘畝，水池為五分之三，亭台榭閣，參差錯落，佈局精妙，無一角度不美，無一景不可入眼，舉步所至，皆是秀色，真有「移步換景」之樂也。蘇州園林甲天下，洵非虛語，而行家評拙政園，「無一處敗筆」，難矣哉！

在姑蘇飯店過夜，好像沒有聽到鐘聲，我總忘不了張繼的《楓橋夜泊》詩。

次日清早，錢輝女士與她的親人陪我們欣賞「網師園」。此園築於南宋，清乾隆年間重修，格局不若「拙政」大，但精緻或有過之。步入牆內，第一眼所見，還懷疑此園名大於實，穿過幾處迴廊之後，心境不同，觀感也不同了。真是園中有園，景外有景，有迂迴不盡之感。未來蘇州之前，我在美國紐約大都會藝術博物館已經探望過「明軒」，明軒就是以網師園的「殿春簃」為藍本的。殿春簃佈局高雅，應濃處濃，應淡處淡。誠是去一石，添一木，不可得也。沒有到過蘇州，東方園林恐只有讓扶桑獨步，遊過拙政、網師，方知中國園林藝術境界之夐絕。當然，京都園林的簡素之美，是非常醉人的。

　　在蘇州的園林中，耦園不是一般外來的遊客常到的，但我一見到錢輝女士，就表示要去一遊，因我不止一次聽賓四先生提起過。耦園座落比較僻遠，還要穿過不少小巷，汽車不到，遊客也就稀了。

　　踏進耦園，就有一種少有的寧靜與舒逸。在大陸任何風景點，無不是人潮洶湧，寧靜與舒逸已是太奢侈的享受了。耦園有一半已關封，開放的一半蒼老中仍見秀挺，遊過拙政、網師，依然掩不盡它的悠悠情趣。林木扶疏，假山如雲，池不大而清幽，亭古拙而無華。一景甫盡，一景又生，浮現在茂竹青

松上的飛檐樓閣，最是幽雅清逸。錢輝説：「那是父親當年著述之處。」

遊蘇州的園林，就是入牆易，出牆難，一出耦園，便是一條不堪入眼、不堪入鼻的小河，而河邊昂昂然旁若無人、吐着黑氣的工廠煙囱，又豈止是焚琴煮鶴？

虎丘因車塞而作罷，寒山寺是到了，還見到那口給詩人靈感的古鐘。妙不可言的是，外賓和港澳同胞還可以登樓撞鐘三下！姑蘇的鐘聲未絕，只是不在夜半了。

無　錫

無錫是工業城，也是江南旅遊勝地。現在的城址始於秦漢置縣，它的歷史甚至有二千年了。像所見的江南古城一樣，市容破舊雜亂，嗅不到半絲古雅氣味。從火車下來，汽車把旅行團送到無錫圖書館前。這是市中心了。一抬眼，樹上盡曬着衣褲，我已不驚訝，這是南遊以來常見的景色了。要探古尋勝，還得去風景勝地；説無錫之勝，自然是在太湖了。

不必到「太湖佳絕處」的黿頭渚，就可以欣賞到煙波浩淼、帆影點點的風光了。人稱太湖有湖光之秀麗、大海之雄

奇，信然。太湖面積二十餘平方公里，遊艇縱馳其上，青波白浪，重巒疊翠，不禁想起文徵明「誰能胸貯三萬頃，我欲身游七十峰」的詩句。據說，太湖不止四季殊狀，而且晴天有晴天之景，雨天有雨天之景，湖光山色，變幻無窮。此一時也，似一片輕煙，彼一時也，似綠玉晶瑩，若乃長風駕浪，則山水變色，飛鳥絕跡，波濤呼嘯，足使人魂驚而汗駭！

遊罷太湖，夜宿水秀飯店，原來正在蠡湖之濱。蠡湖舊名五里湖，是太湖之內湖，略大於西湖。暮色晨曦中，漫步湖邊，平疇一抹，正是江南水鄉情味。蠡園臨湖而建，亦有柳浪聞鶯、南堤春曉、曲淵觀魚諸景。昔人好把五里湖與西湖相比，西湖秀艷，五里湖老逸蒼涼。其實，蠡湖之美還在它的故事。相傳二十四百年前，范蠡助越王勾踐滅吳復國之後，功成身退，結廬於山水相依之湖濱，終日與西施泛舟五里湖上。後人為紀念他們，將五里湖易名蠡湖。中國的名山大川，常常因美女名士而抹上浪慢性格，平添無限相思。

無錫的古蹟名勝能不為太湖所淹盡的不多，寄暢園、惠山寺就有這樣的魅力。

寄暢園應是蘇州之外最美的園林之一了。

明正德年間，兵部尚書秦金將元代南隱、漚窩二僧房，闢

建為園，名「風谷行窩」。其後裔秦耀經之營之，更名「寄暢園」。蓋仕途多舛，被誣罷官，從此看空一切，寄情山水。寄暢之名，想是從《蘭亭序》「一觴一詠，亦足以暢敘幽情……因寄所託，放浪形骸之外」借意而來，而寄暢園之不輸拙政、網師者，亦正在其「借景」之妙。

園不過十五畝，但入其園，頓覺天地寬暢，惠山諸峰，飄落在樹梢之上，錫山的龍光塔更飛移到池邊水榭。園內與園外連為一景，園林建築中借景手法之高卓，無以復加矣。

「錦匯漪」是園中央的一泓池水，大不逾二畝，但寄暢園的爛縵錦暖全部匯攝於此。池中心一側，有水榭知魚檻，與對岸石磯鶴步灘相對峙。水池由南向北，長廊臨水曲曲不盡，池邊有郁盤亭、清響月洞、涵碧亭等。山影、塔影、樹影、花影、雲影、鳥影盡匯池中，錦匯之名，誰曰不宜？

康熙、乾隆都曾六度遊賞此園，題詠不絕。乾隆第一次南巡邂逅此園時，愛不忍去，回京後，在頤和園東北角，仿此園造了惠山園，以解眷愛之思。但於第五次南巡回京後，總覺無法與寄暢媲美，乃將惠山園改名「諧趣園」。乾隆不算俗人，亦頗能欣賞山水之勝，居然不知寄暢「借」來之景，乃天造地設，盡得自然之機，豈可乾坤另造？

說到「借景」，我忽然擔心起蘇州的園林來，園外高層樓房，工廠煙囪，恐已不借自來的伸入園中了。聽說過蘇州城內今後不許設廠，也不准蓋三層以上的樓房了！但願古城名園，還來得及挽救！

訪惠山寺，總是想看看被茶神陸羽品為「天下第二泉」的惠山石泉水。但真正令我留戀不去的卻是竹爐山房毗鄰的「雲起樓」。

初不知有雲起樓。入得寺中內院，仰頭抬望，直不信此處有如斯景色。在翠柏青松之間，一組隨山起伏、疊疊層層的古建築，隱隱現現，漸次升高，宛若懸在天半的仙閣樓台，令人有出塵之想。原來中間一層，就叫「隔紅塵」！傳說康熙遊惠山時，想召見一位道行深厚的高僧，誰知這位高僧拒絕見駕，說：「化外之人，早已隔絕紅塵，名利富貴，已成身外之物。」結果有人替康熙在山坡上造了一條曲折的迴廊，於高下交接處就叫隔紅塵，表示己身入仙境，皇帝就可以與高僧交談了。傳說儘多穿鑿附會，卻是增添了山水之玄美。隔紅塵最高層有樓三楹，就是「雲起樓」。雲起樓原為惠山寺「天香第一樓」故址，取名雲起，是用「山取其騰踔如龍，樓取其變

化如雲」之意。在「雲起樓」不能不想起新亞書院的「雲起軒」。雲起軒為饒宗頤先生所取，軒不大，亦非華美，然馬鞍山之雄奇，八仙嶺之峻秀，吐露港之清麗，盡在眼底。坐看雲起時，因可忘憂，而談笑有鴻儒，往來無白丁，軒自不陋！

杭　州

抵杭州時，是清晨六時許，車從碼頭去花港飯店的途中，曉風殘月，柳絲如髮，西湖朦朧中的初醒，竟引不起我的驚艷！當時只想洗個熱水澡，大睡一場。

在船上十三小時，從無錫到杭州。運河的污臭，客船底艙的髒亂，當我在無錫的湖濱路上船時，所見所「聞」，已很難再有「乾隆下江南」的心情了。我們在船底統艙裏的硬席臥舖，倦了可以入睡，也就「既來之，則安之」。傍晚時分，到上面硬席坐舖一層，只想看看運河的暮景，底艙的窗子太小，看不遠。但站了五分鐘，再也看不下去了。一堆慘綠少年奇形怪服，但一見還看得出不是外來的，播着手提錄音機裏的搖滾樂，聲震耳鼓，又跳又抖，全不顧其他旅客的心情。一個老年人雙手蒙耳，無奈地蜷縮在座位的一角；不知他會不會把這種「污染」歸罪到香港！

船在運河是很平穩的，詎知夜晚入太湖後，風濤驟起，排浪擊船，旅行團中的一位七十歲的阿婆，輕輕問中旅社的「全陪」小盛：「安不安全？」正說間，隔壁床舖大叫一聲，水浪已破窗而入。一位六十來歲的男士，找到女服務員理論。「我怎麼睡？床被全濕了，身子也濕了，這種事根本不應該發生的，窗子這麼破舊，早該修了！」未幾，穿藍衫的船長來了。說着說着，吵起來了。船長胸中的積悶也爆發了：「你要打報告？好哇？報告寫得越長越好，報告打給越高的越好！我是小小船長，有甚麼權？我報告上級不知有多少次了，有甚麼用？你打，你去打報告！」艙中的人都醒了，有些人在發議論。這時，轟隆一聲，湖水沖進我的那個小窗子了。被褥、衣褲也全濕了。那位女服務員倒勤快地過來了，向我看一眼，作無奈的苦笑。我實在不忍責備她，也沒有精神跟船長去理論。又濕又倦，坐着挨天亮，煙斗也變成水煙筒了，抽起來總有些異味。

　　記得當「全陪」小盛在無錫告訴旅行團時說：「對不起大家，去杭州的火車軟席座票實在太緊張了，沒有辦法買到，我們只好改坐船了，請大家合作。」旅行團的廣東團友，都說：「唔制！」但我知道小盛已盡了全力，他是一位很有禮

數、又有服務熱忱的青年。我勸大家合作，還開玩笑：「當年乾隆皇帝下江南，也就是坐運河船的呀！」團友知道別無他法，也就依了；當然大家都沒有領略過內陸坐船的滋味的！一位女團友倒也有意思，她說：「旅行就是摩登走難！」

到杭州當晚，中旅社的一位負責人，特別在「杭州風味廳」設宴為我們這個旅行團「壓驚」，這是一頓上好的杭菜。不過，當我喝第一口紹興酒時，已覺渾身酸軟。從杭城起，我就抱病旅行了。

二歲時曾在杭州，對這個與蘇州並譽為人間天堂的古城，當然一無記憶，但從詩章中，從畫片裏，我對杭州是不陌生的。

靈隱寺，已一千六百年了。建於東晉年間，規模氣勢都不同凡響，但我總覺得沒有家鄉天台山國清寺那份不染塵囂的清趣。

靈隱寺的飛來峰，是否由天竺飛來，信者自信，疑者自疑，峰中壁上的石刻倒確是宋元的真蹟。臨溪岩上的彌勒佛，一手按布袋，一手捻佛珠，祖腹踞坐，遠遠已聞其笑聲。

隨旅行團，如蜻蜓點水，訪岳王廟，遊龍井、六和塔，再涉九溪十八澗。不知是否病中心情，總覺無甚趣味，倒是「虎跑」令人喜愛。「虎跑」是一古寺院，以泉水出名，傳說唐代僧人寰中居此，苦於無水，一日夢有「二虎跑地作穴」，醒來，果見泉水自土湧出，故名「虎跑」。其水甘冽清醇，被譽天下第三泉。寺中有高僧道濟的塔院遺址，果如母親所說，這位嘻笑人間、菩薩心腸的濟公活佛確是我家鄉天台縣人。

在虎跑品龍井是一大享受，「龍井茶葉虎跑水」，號稱「雙絕」。「第一杯香，第二杯甜，第三杯清肺。」如是說，亦有如是感受。離寺前，去洗手間，一人索錢一角，團友出來後大呼：「好抵，物有所值。」誠然，在運河船上，在城裏，在風景區，去不收錢的廁所已不止是女士需要勇氣的事！

杭州的美，當然不限於西湖，但沒有了西湖，她便沒有那份儀態萬千的風華了。西子湖的美，在山水之間，也在騷人墨客的文章詩詞裏。讀了東坡居士的「水光瀲灩晴方好，山色空濛雨亦奇；欲把西湖比西子，淡妝濃抹總相宜」；西子湖還有哪個時分、哪個妝束不令人戀慕呢？

沒有到西湖，西湖十最早已熟記胸臆了。春已逝，但在柳浪中依然若有黃鶯囀；秋末臨，平湖的明月仍會感到格外的清輝。此時遊湖，斷橋不見殘雲，曲院難聞荷香，但詩中之畫，多少補上眼中未見之景了。在西湖，舉目所讀之景，莫非一篇篇上佳小品文；漫步白堤蘇堤之上，更像是踏在一首首千古傳誦的詩篇上了。

我總覺得，中國的風景，無論小小園林，或是崇山峻嶺，都脫不了文人歷史的渲染，幾千年的文化，連山水都中國化了。猶記去夏遊北美洛磯山，但見群山排空，氣吞斗牛；蒼嶺負雪，燭照萬峰。那種大自然生命的原始躍動，驚心懾魂而幽谷寂寂，山水依偎之態，卻又有一種從未沾過人間煙火的天地靈氣！

上　海

上海不是山水之鄉，風景是談不上的，但這個曾是東方第一大都會而今有一千二百萬人口的城市，卻是我少年讀書遊憩之地，故土重來，總多一些感觸。

到上海已是午夜時分，宿寶山賓館，距市區甚遠。翌晨，遊城隍廟的「豫園」。園內園外盡是人潮；城隍廟比南京夫

子廟還旺得多，但髒亂破舊，趣味索然，最不可解的是，到處設有「地下痰盂」。在公共場所吐痰的惡習真還只能「疏導」，而不能禁絕？北京能，上海為甚麼不能？

豫園不是無可看，但看過蘇州、無錫的名園之後，是可看可不看了。唯一令我感到興趣的是那塊「玉玲瓏」，這是被稱為盡得「皺、瘦、漏、透」四妙的天下第一的太湖石。中國的園林，少不了假山，也就少不了百態千狀的太湖石。

從城隍廟到外灘，不知經過多少大街小巷，我幾乎沒有看到一幢像樣的新建築。外灘的面貌我是熟悉的，三十五年前的一幢幢臨黃浦江的大廈，雖然換了名，也老態畢現了，但仍然依稀可以辨認。站在馬路的安全島上，的確是回到了一個熟悉的地方，卻又有巨大的陌生感！

旅行團要去參觀一個展覽會，我們脫了隊。內子陪我沿南京西路 (原靜安寺路) 尋找我少年時的舊居。南京西路倒是很清潔的，路旁似更多些樹木。不很久，我就找到了。巷口儘管被幾個臨時性的建築橫七豎八的擋着，我還是認得的。進了巷，轉了個彎，沒幾步，就看到那座三層的樓屋了。紅磚褪了些色，門牌未變，禁不住朝三樓望去，窗口伸出一根竹竿，上面掛着一件已經曬乾了的衣衫，那是我少時的房間！在屋外

徘徊了好一陣子，終於敲了門，其實門是開着的。應門的是一位清秀的少女。「我很久很久前在這裏住過，能進去看看嗎？」「可以的，請進來，隨便看。」一入客廳，只覺得又窄又暗，原來客廳已分割為幾個房間了。我熟悉地走到花園，花園也堆滿了雜物，花草是沒有了，但那棵玉蘭花還在。我沒有上樓，我知道上面住了幾家人，不想去打擾，反正也找不回少年的時光了。離開了那座三層的樓屋時，在巷口，忍不住回頭。我知道我不會再回來了，到底那已不是我的家了。

廣　州

從白雲機場到白天鵝酒店，又是近深夜的時刻。傷風還沒有全好，人倦得很，洗了澡，吃了在上海國際飯店買的藥，就睡了。元禎收看着電視上香港小姐的複賽！

翌晨，搭第一班早車返香港。在火車上，回想着十七天的大陸之旅，少小離家老大回，一別三十六載，最難忘情是山水？

附　錄

人間壯遊

追念王雲五先生

今天是王雲五先生逝世二十周年，今天在這裏追念雲五先生的人，很多像我一樣，是他的學生，凡是親炙過雲五先生的人，對他都會有無窮的懷念。但是雲五先生不止屬於他的親人、他的學生，或跟他做過事的人，雲五先生是屬於他的社會、他的國家的。懷念他的人是無數識與不識的人，而他二十年前已走進了中國的歷史。二十年來，世事已有了巨大的變化，時光已模糊了多少人的面貌，但是王雲五先生給我們的印象依然是何等的清晰，他鮮明地活在我們的記憶裏，他不止在人間有九十二年的壯遊，他也繼續在歷史的長廊中壯遊。王雲五先生是二十世紀中國的一代奇人。

我們今天在這裏追思懷念的王雲五先生，確確實實稱得上一代奇人。通過一些歷史的距離，我們現在更能清楚地看到王雲五先生的奇特，更能體認到王雲五先生的不同凡響。雲五先生出身於平凡的學徒，他受的學校教育不滿五載，他的學問都來自苦讀勤修，十九歲任中國公學教員時，購《大英百科全

書》一部，窮三年的光陰，一字一字地通讀一遍，實世所罕見，而其興趣之廣，毅力之堅，着實令人驚嘆。雲五先生正式的學校教育雖短，但他自少至老，不論是在做學徒，或任內閣副總理時，總是手不釋卷，眼不離書，他曾說：「寧一日不食，不肯一日不讀書。」而他所讀之書，不受學術範疇或界域之限，由於他對知識之饑渴，古籍今書固然無所不讀，中文的或英文的更是無分軒輊，雲五先生說：「中文，我想老翰林也沒有我讀的古書多；而英文，博士和專家也沒有我看的書廣。」他的淵博反映在他一百多種的著作中，也反映在他指導撰寫的三十二篇的博士與碩士論文中。這使他生前享有「活的百科全書」與「博士之父」的雅號。在學術分裂，專業化愈演愈烈的今日，出現像雲五先生這樣「文藝復興式」的通人可謂百年難得一有。

正由於王雲五先生多方面的興趣、知識與才能，他在中國二十世紀的大舞台上，扮演了各種不同的角色，每個角色他都全心的投入，每個角色他都做得有聲有色，大出版家、教授、民意代表、社會賢達、「內閣副總理」、文化基金會董事長、「總統府資政」……雲五先生精力充沛，擁有巨大能量，是一個有光有熱的放射性人物，應該特別指出的是，雲

五先生自始至終是一個書生，但卻不是一個傳統式的書生。不過，他又具有傳統的「士」的意識，他不應考，不競選，不求官，他對於國家事，對社會事，則有強烈的關懷。早在一九一一年，他二十三歲，是年，武昌起義成功，國父返國抵滬，當選中華民國臨時大總統，香山同鄉會設宴歡迎。先生被推為歡迎會主席，致詞陳說中華民國建國的意義，大為中山先生賞識，遂邀他擔任臨時大總統府秘書。民國政府成立，蔡元培先生首任教育總長，先生投書提出一份關於教育 (特別是高等教育) 的建議，在他，只是盡書生之「言責」，而蔡先生激賞之餘即覆函邀先生到教育部相助。先生以一席談話，以一紙意見書，受到孫、蔡二位的青眼相加，這當然反映出雲五先生有第一等的口才、有第一等的識見。像二十世紀許多卓越的讀書人一樣，雲五先生是一位有深厚民族情懷的愛國之士，一九三七年，日本發動侵華戰爭，中國陷入了空前危難，雲五先生奮起參與政事，自廬山談話開始，到抗戰時期的國民參政會，戰後的政治協商會、制憲國民大會、行憲國民大會，他以一個社會賢達的身份，以國家民族之利益為重，在黨派衝突紛爭之中，不時發出公正中肯之讜論。無論在促進抗日的團結上，或在推行國家憲政建設上，雲五先生都發揮了書生論政

的傑出表現。一九四六年，政治協商會議結束，蔣中正先生誠邀先生擔任經濟部長，翌年，轉任國府委員兼行政院副院長，一九四八年，改任財政部長。八年抗戰慘勝之後，民力凋敝，而內戰方殷，人心浮動，國事在可為與不可為之間，先生則但問事之應為與不應為，全力以赴，不計個人之利害得失，先生之勇於任事，怯於諉過的大臣風格，最為蔣先生所理解，退匿到台灣之後，蔣先生在建設台灣，徐圖中興中，對雲五先生禮敬有加，先後邀請出任台灣故宮博物管理委員會主任委員、考試院副院長、行政院副院長，並先後主持行政改革委員會、經濟動員委員會等職。一九六三年十二月，先生以年逾古稀，堅請謝政後，轉任總統府資政。先生出任這些官職，或應付時難，或調和鼎鼐，或張立制度，或舉考人才，都是為了做事。做事，他是當仁不讓的，他對自己的才能也從不低估，他是一位極有自信的人。如果不是一個以黨治國的局面，先生或者早就是「內閣總理」了。反之，先生以無黨無派之身，卻屢屢受邀出任政府高職，不能不說是一異數，不能不說是蔣中正先生對先生有特殊的知遇。應該指出者，雲五先生後半生的大部份生命跟他同代的許多賢能之士一樣，都無私地貢獻給了台灣，台灣現代化之所以有今天成就，與雲五先生那

一代人的辛勤耕植是分不開的。遺憾的是，他們都沒有見到中國大陸的翻天覆地的變化，但我相信，埋骨於台灣青山的雲五先生，一定高興知道中國大陸的學林出版社出版的《王雲五論學文選》已在內地發行了。

雲五先生曾在一篇紀念張菊生先生的文章中說：「要評論一個人，應把握住他的中心。」我覺得這句話用在他身上並不容易。因為先生興趣才能是多方面的，而他的時代與國家在多方面都需要他。事實上，他的成就也是多方面的，他是一個有多中心的人。不過，如果我們一定要找一個中心的話，那麼，雲五先生在商務印書館的事業應該是他的中心。他說：「所謂中心是指他大半生所從事的工作。」的確，雲五先生大半生所從事的工作就是推廣和發揚學術文化的出版事業。一九二一年，先生以胡適之先生的推薦，出任商務印書館編譯所所長，自此與商務結不解緣。除了一九四六年至一九六三年，從政離開十八年，自壯至老，他都在商務，足足四十年之久。先生在商務，他自始就得到張菊生先生的全面信任，以是，他能夠放手做事，展佈經營之大才，他引進科學管理，推動多種大部書計劃，業務蒸蒸日上，使商務成為中國最大的現代型的出版業。先生主持商務期間，商務三度毀於

國難，而他三度使之復興，先則遭「一二八」之巨劫，繼則有「八一三」之厄運，太平洋戰事突發，香港商務基礎盡毀，先生在危難險阻之際，無不艱苦奮鬥發揮了卓越之毅力與智慧，使商務於劫難中一起再起，日新又新，穩然居於中國出版界之重鎮地位。雲五先生相信，學術文化為一國之靈魂。他辦商務就是為了中國的學術文化，商務除供應教科書工具書外，更着眼於整理古籍，介紹新知，提升學術。在先生主持下，《萬有文庫》、《大學叢書》、《中國文化史叢書》、《四庫珍本》、《雲五社會科學大辭典》、《中山自然科學大辭典》、《中正科技大辭典》、《人人文庫》、《岫廬文庫》，先後問世，對學術文化之貢獻，在我國出版界，無出其右。一九三〇年，先生以商務總經理身份考察美國出版事業，《紐約時報》以整整半版的篇幅專文介紹，標題是《為苦難的中國，提供書本，而非子彈》。的確，經過雲五先生手中，提供的書本真不知多少，二十世紀的中國讀書人恐怕很少是沒有讀過商務出版的書的，雲五先生一生與商務有不解之緣，先生與商務是無法分開的，他是商務的偉大鬥士與化身。

王雲五先生一生多彩多姿，以一個小學徒出身，受正式學校教育不過五年，但卒能贏得「博士之父」的雅號，成為內閣

副總理，成為世界的大出版家。王雲五三個字已成為一個符號象徵，它象徵了一個貧苦無依的人的奮鬥成功的故事。這個故事會世世代代的傳下去，「王雲五」三個字也會世世代代的傳下去。

雲五先生自謂人生若壯遊，他九十二年的生命，確是一次壯遊。先生在一九六一年一篇紀念愛迪生的文章中，曾提及他所作的一首《反李白春日醉起言志》的詩，這首詩是：

處世若壯遊，胡為不勞生，壯遊不易得，豈宜虛此行，偶爾一回醉，終日須神清。雪泥着鴻爪，人生記里程，豹死既留皮，人死當留名，盛名皆副實，人力勝天成，人人懷此念，大地盡光明。

雲五先生這首詩，是夫子自道的言志詩，最能說出他的人生觀。李白的詩，主旨是「不要勞其生，不妨終日醉」，雲五先生則積極進取，他認為「得生斯世，無異壯遊，壯遊難得，不宜虛生。人人抱着不虛生的信念，必須努力對這個世界有所貢獻。」的確，他一生服膺愛迪生的生活哲學，那就是「工作、工作」。雲五先生自十四歲做小學徒起，就一直沒有

停止過工作，他一生做了別人三輩子的事。他的一生，不但沒有「虛生」，並的的確確對這個世界有所貢獻，的的確確是一次有光有聲的壯遊。

二十年了，雲五先生離開我們已整整二十年了，但是，他沒有真正離開這個世界，在他一生壯遊中，他在這個世界留下無數的足印，他已走進了歷史，我們今天在這裏懷念的是中國歷史中二十世紀的一代奇人。

一九九九年八月

懷憶國學大師錢穆先生

八月底自歐洲開會，旅遊後轉抵紐約長子潤生家。九月一日，在香港中大同事給我的傳真中，驚悉錢賓四先生於八月三十日謝世了。內子元禎與我相對憮然，太息久之。從一九七七年以來，錢先生在我夫婦心目中，不止是一位望重士林的國學大師，更是一位言談親切、風趣可愛的長者。

九月三日，從紐約返港後，即參與中大及錢先生前在港有關的教育文化機構籌備追悼會的事。校方決定由我與新亞書院院長林聰標教授代表香港中文大學專程到台北參加九月二十六日錢先生的祭禮。香港各界並定月之三十日在馬料水中大校園舉行隆重之追悼儀式。錢先生一生從事學術與教育，創建新亞也許是他所花心血最多的。錢先生擔任新亞創校校長達十五年之久，新亞創校初期，風雨如晦，雞鳴不已，當時無絲毫經濟憑借，由於他與唐君毅、張丕介諸先生對中國文化理念之堅持，在「手空空，無一物」的情形下，以曾文正「紮硬寨、打死仗」的精神，克服種種難關，終於獲得雅禮協會、哈佛燕京社等等尊敬與支持，到一九六三年新亞與崇基、聯合兩書院結

合成為香港中文大學。新亞自此得到了一個經濟上長遠發展的基礎，而也就在這個時刻，錢先生決定自新亞引退了。他這種「為而不有」的精神正是他所欣賞的廣東虛雲和尚的人生態度。虛雲和尚在七十八高齡之後，每每到了一處，篳路藍縷，創新一寺，但到寺院興建完成，他卻翩然離去。錢先生雖離開新亞，新亞還是與他分不開的。我之得有幸與錢先生結識，也純緣於新亞。

　　一九七七年七月，我承接新亞院長之初，曾去台北士林素書樓拜謁賓四先生。在中學時，已讀錢先生的《國史大綱》，但從未與先生見過面，那是我第一次見到這位久所仰慕的大學者。雖然初晤，但錢先生溫煦和靄，潺潺動人講話，令人如坐春風。錢先生不多虛語，卻甚健談。他善於講，也善於聽，始終給人充分空間，不會自說自話。告辭時，錢先生送我，一再說：「一見如故」，還說我們有緣。自此之後，我每次返台，只要時間許可，一定去素書樓，一談就至少二三小時，幾乎次次在錢府午膳，常常品嘗到錢夫人精緻的小菜。在早時錢先生體力尚好，他與夫人有幾次還陪我夫婦遊陽明山、北投諸景。錢先生喜歡風景，即使眼力不佳，卻絲毫沒有減少一近山水的興頭。素書樓，有松有竹，園不算大，但自有

風致，進門斜坡路上兩旁數十棵楓樹尤其搖曳多姿。園中一草一木，大都是錢先生與夫人親自選擇或種植的，他與夫人在樓廊閑話時，抬眼就可欣賞到園中的青松。今夏自素書樓搬到市區後，儘管錢夫人把客廳的一桌一椅布置得與素書樓一模一樣，但新居無樓無廊，更看不到廊外那株枝幹俊拔的青松了。

錢先生以九六高齡仙去，一生在學問與教育事業上有如許的大成就，可以說不虛此生。報載錢先生「生於憂患，死於安樂」，賓老離開這世界時確是平平靜靜的。我最後見他的一面是在今年六月國是會議後的第二天，那時他剛搬去杭州南路不久。像往時一樣，他坐在與素書樓客廳同一位置同一張紅木椅上，面容消瘦，但那天精神比一年前所見似要好些，只是絕少開口了。記得他要了支煙，靜靜地抽着，聽到我與錢夫人提到熟悉的事，他安安地點頭，偶爾還綻露一絲笑容。是的，近二三年來，錢先生健康明顯差了，記憶力也消退了，我已再享受不到與賓老昔日談話之樂了。倬雲兄去年在見了錢先生後跟我說：「一位歷史巨人正在隱入歷史。」誠然，賓老不死，只是隱入歷史。

賓四先生的一生，承擔是沉重的，他生在文化傾圮，國魂飄失的歷史時刻，他寫書著文有一股對抗時流的大力量在心中

鼓動，他真有一份為往聖繼絕學的氣魄，他的高足余英時先生以「一生為故國招魂」來詮釋這位史學大師的志業宏願。從結識錢先生後，我總覺得他是很寂寞的，他曾説很少有可以談話的人了。從一九四九年馬列主義在中國大陸居思想正位後，不，應該説自「五四」以來的學術大氣候流行後，錢先生在心靈上已是一位「流亡的文化人」了。他與當代的政治社會氣候固不相侔，與當代的學術知識氣候也有大隔，但他耐得住大寂寞，他有定力，他對自己有些著作之傳世，極有自信，他曾特別提及《先秦諸子繫年》這部書。多年來，他的著作在內地受到批判。但近年，他的書一一在內地重版問世了，這一點，他是感到安慰的。賓四先生的寂寞主要靠書、靠做學問來消解的，上友古人，下與來者，自然有大共鳴。有一次我問：「先秦諸子不計，如在國史中可請三位學者來與您歡聚，您請哪三位？」朱子、曾國藩，他略作思索後説，第三位是陶淵明。錢先生的心靈世界是寬闊的，他在古人的友群中，有史學的、理學的、文學的。對於中國文化的欣賞，他是言之不完的，記得最後幾次談話中，他強調了「天人合一」的思想。

這幾晚，在深夜，不時展讀錢先生先後寄給我三十餘通的親筆函。一九七七年最先兩封是毛筆寫的。錢先生的字自成一

體，清逸中帶凝重，規矩中有灑脫，書趣盎然。不久之後，由於患黃斑變性症眼疾，目力大減，錢先生改用鋼筆或原子筆，到了後來，目力又弱，所書常是一字疊在另一字上，而封面則由錢夫人代寫。錢先生一生多在讀書寫書中度過，晚年眼疾，既不能讀，又苦於寫，一定給他許多痛苦。我知最後幾年他寫文章全憑記憶，而錢夫人胡美琦女士則成為他唯一的依靠。為了整理賓四先生的舊稿，胡女士需一字字誦讀，錢先生則一邊聽，一邊逐字修改。一遍之後，復又一遍，如是者再，可謂字字辛苦，得來不易，而數百萬言的書稿就是這樣整理完成的。識者都了解，沒有錢夫人，錢先生不可能享此高壽，更不要說他離開新亞之後，還有這麼多著作與世人見面了。故我一談到錢夫人，錢先生的門生沒有不由然生尊敬感激之心的，而錢先生在內地的幾位子女對錢夫人的由衷敬愛，我是目見的，胡美琦女士是錢先生的真正知己，也是真正在錢先生大寂寞中生大共鳴者。

十三年來，在與錢先生的交往中，有太多可以懷憶的事。我始終視錢先生為前輩長者，由於我無緣跟他讀過書，故他一直以朋友之義待我，成為了忘年之交。一次錢先生問內子本姓與祖籍，元禎告以姓陶，祖籍無錫，錢先生笑說：「那我們是

一家人呀！在無錫，錢陶是一家，錢陶是不通婚的。」他曾嘗過元禎烹調的無錫肉骨頭，居然大加誇獎，說是有家鄉味。元禎絕少參與我的事，即使我在新亞主辦的幾個講座，她也鮮少參與，唯一的例外是錢先生在「錢賓四先生學術文化講座」中的六次講演，總題是：「從中國歷史來看中國民族性及中國文化」。她次次都在座，並且聽得津津有味。的確，錢先生的演講是名副其實地又演又講。並且深入淺出，曲曲傳神，他自己講得投入，聽眾也投入，無怪乎當年他在北大成為最受歡迎的教授之一，而有北胡(適)南錢之說(當然這不是指二位的演講出色而已)。不過，錢先生的口音卻只有江浙人才能心領神會，廣東籍學生就非聽上三數個月，但是也只能「見木不見林」(只能聽懂人名地名，但掌握不到整個演講的內容)的。錢先生倒不覺得他的話不標準，在講座開講前，他的新亞老學生問他要不要提供翻譯，意指譯為粵語，錢先生似明不明地反問：「需要譯成英語嗎？中國人怎麼聽不懂中國話呢？」

　　新亞的「錢賓四先生學術文化講座」每年邀請國際上卓有成就的中外學者演講，英國的李約瑟博士與內地的朱光潛先生擔任講座時，錢先生特地來港晤聚，前者是彼此相慕已久，東西學術巨子的見面；後者是四十年不見的老朋友的重晤，當時

在香港文化界都成為盛事與佳話。新亞有幾個講座與學人訪問計劃，當我告訴錢先生新亞有意邀請內地學人交流訪問的構想時，錢先生是最支持這一想法的。他認為中國只有一個，學術文化在政治之上之外，香港在內地與台灣的學術文化交流上應該有重要作為，錢先生對學術文化的交流有獨特的看法，他說學術思想是「文化財」，文化財的交流是你有了我也不會少，彼此都有益，彼此都會富有些。錢先生對於中國文化之存於天地之間的信念，絲毫不懷疑，他對一九七八年後內地的改革寄以希望。由於客觀的政治環境，賓四先生自一九四九年南來香港後，再未曾踏上內地一步，但他對神州故土之懷念是無時不在的。當我一九八五年去內地前，錢先生知我要去無錫、蘇州，特別高興，說我一定會欣賞無錫的太湖景色，並且囑我一遊蘇州「拙政」、「網師」諸名園之外的「耦園」，耦園是他念念不忘的當年著述遊息之處。賓四先生對於故里的情懷，溢於言表。

燈下，寫此短文時，賓四先生生前種種情景，一一重來眼前，他在我夫婦心目中，一直是一位言談親切、風趣可愛的長者。現在長者已去，他已隱入歷史之中，後之來者，只有在歷史中尋覓他的聲音容貌了！

一九九〇年九月十四日深夜

儒者的悲情，儒者的信念

悼念徐復觀先生

　　四月一日下午七時許，台北《中國時報》副刊主編高信疆先生打電話來，告訴我徐復觀先生已於五時五十分在台北去世，希望我盡速寫一短文，俾於翌日悼念專刊上刊出。前幾天曾聽到復觀先生受癌症煎熬的苦痛情形，覺得這樣也是解脫，但我沒想到他真的這麼快就去了。在惘然感愴的心情下，我寫了《「學術與政治之間」的巨筆》一短文，是晚十時，在電話裏逐字唸給《中國時報》的編輯聽，以敬悼這位前輩學人。識得復觀先生已二十餘年了，我讀他的第一部著作就是《學術與政治之間》，對他憂時憂國之悲心大願，以及元氣淋漓、筆端帶有魅力的文筆，敬佩慕賞，兼而有之。這種感受，廿餘年來，未嘗有變。

一

　　香港《百姓》月刊決定為復觀先生出一專題，這是很適當的，依我的看法，復觀先生不但是一位不折不扣的知識分

子，並且是近百年來最有影響力和極重要的知識分子之一。復觀先生寫過一些有火氣、霸氣，甚或不脫一己意氣的文章，他的主觀性和鋒銳之筆法予人同樣的強烈印象。但在第一和最後義上，他寫文章之動心立念都可說是以中國的「百姓」為本的。先生真正拿起筆來是五十歲以後的事，在他此後三十年的筆墨生涯中，雖然曾自制地浸淫於純古典學術研究中，但他幾乎沒有一刻忘懷時代的憂患。儘管他感到治學之晚，恨不得一日當三日用，以在學術上有更多發掘與貢獻，可是，時代問題的感逼，使他無法、也不願去追求與時代渺不相涉的高文典冊，所以復觀先生後半生所扮演的是學者與知識分子的雙重角色，或者可說他是徘徊或循環變換於學者與知識分子二者之間的。凡是在一個時代，特別是自己的國家社會正處在危盪杌隉之際，冷情地去做一個純粹的學者，這個人不是有特殊的定力和心理結構，便恐怕是復觀先生所說的「麻木無所感觸」的了！復觀先生在這個病痛無已的大時代，更身經國家社會的巨浸稽天之變；而他又有大感觸、大才情，因此，他如椽之筆所撰寫的時論性文字，便能扣緊時代脈搏，風動一代人心。復觀先生固然屢次表示想多做學術研究，少寫此類文章，但實際上，他也自覺地欣賞和肯定他所發揮的知識分子之角色功能的；他說：「中國聖賢，有如孔子孟子，他們對當時君臣的諄

諄告誡，實際就是他們的時論文章，所以我認為凡是以自己的良心、理性，通過時代具體問題，以呼喚時代良心理性的時論文章，這都是聖賢志業之所存，亦即國家命運之所繫。」

二

徐復觀先生興趣博雜，而才情洶湧，故不拘囿於專狹之學，於文、史、哲三大領域之各種學問，每有見獵心喜的衝動；事實上，他在許多方面都有創獲。當然他在文學、藝術、思想史 (這是他用力最勤最深者) 等方面的研究成績，自有待時間及學術本身的考驗，但我相信，復觀先生不少卓越的見解將溶化歸入到各科的學問中去，而佔一定位置。

我這篇短文想指出的是：復觀先生基本上所從事的一椿文化事業，也是近百年來所有中國讀書人關心努力的志業，那就是為中國文化找出路、為中國找出路。在這方面，復觀先生在過去三分之一世紀中十分特出的表現，佔一十分特出的地位。

復觀先生自己不止一次地說，民國廿八年，他身經時代的巨變之後，開始由對政治社會問題之反省，進而對學術文化問題的探索，這具體地反映在他創辦與參與的《民主評論》這個刊物上。一涉及到學術文化的問題，由於風氣所趨，便不容易

不掉進傳統與西方兩個簡單的思想模態中去；復觀先生常把五四以來佔學術思想主流的看作西化派，同樣地，文化界很少人不把復觀先生及他與思想上接近的人看作傳統派。實則傳統派與西化派這種簡單的兩極模態，又何能公平而正確地涵括反映近百年來思想界豐富而複雜的現象？

在主觀心態上，復觀先生不但自覺是處於政治的權威系統之外，也是處於學術思想主流之外的，並深信這個「學術思想主流」有「學術亡國」的傾向，因此，他有一股難以抑止的感憤之心，他有一種要矯正時代的學術思想風氣的使命感，也因此使他感到「在政治的孤立上，更加上學術圈裏的孤立」。

我有時覺得復觀先生一生喜歡熱鬧，他也確有一非常熱鬧而多采的生命，但在他內心的深處卻有一很大的寂寞感與不斷擴大加深的「疏離」感；即對現實政治社會，對當代的學術文化都有扞格不入的疏離距離。也許，他這份感憤之心與疏離感，正使他對中國政治社會問題，對中國學術文化問題鍥而不捨、勇猛探索而顯出獨有的風格和趨向。

三

復觀先生毫無疑問是敬重傳統的，也毫無疑問，他是特別

信仰儒家一脈的道統的。在這個意義上，他是一文化上的保守主義者，而此一立場，他一點也不諱言；事實上，他臨終的遺言就說：「余自四十五歲以後，乃慚悟孔孟思想為中華文化命脈所寄，今以未能赴曲阜直謁孔陵為大恨也。」本來，在傳統中國一個讀書人之敬重自己的傳統，或信仰儒家聖賢志業的道統，應該是不待言而自明之理；而復觀先生於癌症侵蝕肌骨，油盡燈枯、幽明交界之際，猶一字一血為孔孟思想之價值作見證，這一方面固反映儒學傳統在今日風燭殘燈的遭際，一方面亦正顯示在復觀先生心中，儒家傳統的一炬之明，足以在昏暗之時代中留一光明，以接晨曦之來。復觀先生的悲情是現代儒者的悲情，復觀先生的信念，是現代儒者的信念。

我們說復觀先生是文化上的保守主義者，只是說在文化價值之終極取向上，他對中國文化傳統是肯定和執守的。他堅信任何一個民族、社會或文化，必須先繼承和積儲先人所遺留下來的，才能進一步講創造和發展；而他對中國文化傳統之肯定與執守的立腳點，卻植根於一更理性的基礎上，即他看到中國文化傳統千門萬戶，豐贍博厚，特別是儒家傳統所含有極高明而道中庸的人文精神，尤其是其心性之學或「立人極」之學問，為開中國及人類新境之不可或缺。由於他對文化傳統窺見

極深，因此殊不能容忍數十年來一味打倒或攻擊傳統的學術風氣。三十年來，不時見他披甲上陣，奮筆為傳統辯護，元氣淋漓，氣吞斗牛，儼然成為當代傳統最雄辯的捍衛者，也因此，幾乎不足為怪的，他常被目為文化的傳統主義者。

但是，我們若仔細地考察，我們會驚訝地發現，復觀先生一方面固然是傳統的最雄辯的捍衛者，但另一方面，他卻又是傳統極嚴厲的控訴人。他對中國文化傳統決不是一味的保守，他了解文化傳統極其龐大複雜，含有多次元、多層級的結構。在這方面，他為傳統做了不少釐清的工夫；特別是把傳統中美善者與醜惡者細緻地區別開來，他在最後口述遺作中說：「故入五十年代後，乃於教學之餘，奮力摸索前進，一以原始資料與邏輯為導引，以人生社會政治問題為徵驗，傳統文化中之醜惡者，抉而去之，唯恐不盡；傳統文化之美善者，表而出之，亦懼有所誇飾。」

誠然，復觀先生對於他發掘出來好的傳統，莫不加以彰顯，而展示其古典之美善及其現代之意義；反之，對於壞的傳統，則抨擊鞭撻，毫不假借。事實上，他對許多傳統的控訴和攻擊較之一般「反傳統者」尤為嚴峻和猛烈，其中他所惡最深、抨擊最力者便是歷史上的專制政治。他認為「秦漢以來的

『一人專制』政治是中國文化精神無由發展的根源，是一永遠打不開的死結。在一人專制之下，『天下的治都是偶然的，亂倒是當然的』。」

這個論題，是復觀先生從中年到老年精力貫注所在；這也使他更進一層相信，必須把儒家的政治思想，倒轉過來，把政治的主體，從統治者移歸人民，由「民本」轉為「民主」，以建立政治的客觀構造。書至此，我重翻他《學術與政治之間》及一九八〇年十月他最後贈我的《兩漢思想史·卷一》，覺得他許多討論文化與政治的論著，決不是一般學術上抽象化的觀念文字可比，實毋寧更從現實文化與政治之徵象中，由層層反省、體驗、艱苦得來。

四

復觀先生對中國文化傳統之剖析與解釋，有破有立。他所破與所立者，雖未必一一為定論，但所立與所破，無一非出自真性情、真精神，他在學術文化上之用心與表現，用章實齋的說法，應該屬於「矯風氣」之人；即矯正民初以來對中國文化傳統片面的打倒、攻擊的風氣，而其真正的苦心與大願所在，則仍是繼承百年來偉大讀書人的志業，即為中國文化找出

路，為中國打出路。在根本上，復觀先生仍守住中國文化傳統之本位，仍是站在儒家孔孟一脈的統緒上來重建、擴大與發展文化傳統的。一九五八年，他與張君勱、唐君毅和牟宗三幾位先生聯名發表《我們對中國學術研究及中國文化與世界文化前途之共同認識》一宣言，實是一具有開放心靈與反省智慧的大文獻。

他們幾位先生相信，依中國文化本身之要求，所當伸展出之文化理想，應不止停留在以自覺其自我為一「道德實踐的主體」的心性之學上；同時，應該在政治上，能自覺為一「政治的主體」，即由「民本」而轉為「民主」；而在自然界、知識界則自覺成為「認識的主體」及「實用技術的活動之主體」；即需要有意識地開出科學與實用技術，在中國傳統之道德性的道統觀念之外，兼須建立一學統。這些觀念與主張，應該為百年來關心國族文化運命者所共認。其實，這亦是中國現代化所不可或缺的發展之道。

復觀先生由於上半生在政治中，後半生在學術文化，故對於中國文化中之政治感驗最深，而對中國政治的文化性反省亦最敏銳，因此，他對中國的學術與政治兩個世界之間的糾纏、關聯，亦思考得最深切。他歸根結蒂指出中國必須走民主

政治之路，更必須首先建立民主主義的政治形式，始能從治道轉向政道，由民本開出民主。他這份情志實是一切偉大讀書人為生民立命，為萬世開太平的情志。

<h2 style="text-align:center">五</h2>

復觀先生現在已經走了，他是否帶着感憤之心與疏離之心離去人間？他生在憂患的時代中，而元氣淋漓地活了一輩子。他是一認真的人，他為中國文化認真的奮鬥過，他在《民主評論》停刊時說：「我們對中國文化的奮鬥，可以算失敗了。」但他「堅信這一線香火，會在我們身上使它延續下去。中國文化是在憂患意識中生長出來的文化，它必定在憂患最深、憂患意識最強的祖國鄉土上，重新得到發育滋長。」復觀先生的一生，象徵地代表了現代儒者的悲情，現代儒者的信念！

一九八二年四月八日

天涯點滴悼景師

　　景蘇師去世的消息是我中學老同學陸民典博士告訴我的。民典的老太爺是景師的好友。民典知道我一直關念着景師的病情，所以當他從報紙看到這則不幸的消息時就立刻打電話告訴我。我忘了當時跟民典說了些甚麼，但我當時很深切地體認到這件事的悲劇性的意義：我再也見不到這位可敬可親的師長了。

　　景師的死，引起我無窮的感觸，又一度勾引起我對生命最終意義的嚴肅疑問。在這個「上帝退隱」的「世俗之城」裏，對這樣人類最終的疑問，每個個人已孤獨地被迫提供「自我鋪設」的宗教的或哲學的解答。可是，我的疑問只終於疑問，而非終於解答。當時，我覺得我有一種衝動的需欲，一種與人「交換痛苦」的「需欲」。因此，我寫了一封悼念景師的信給堅章。在與堅章做交換痛苦的需欲的過程中，我似乎解脫了一些，也似乎漸漸有勇氣去接受一不可能接受的事實。

　　景師走了，遠遠地走了。可是，景師走得越遠，我們似越能體認到他的整全的存在；景師走得越遠，我們似越覺得他是

那麼地接近我們。真的，景師根本不會真正離開我們。他原來一直都在我們心中。的的確確，不管你的心地是怎樣狹小，總不難留出一個空間來讓給景師的。在充滿虛偽、疏離的世界裏，誰又能不希望有這樣一位師長長永地活在你的心中?!

指南山麓留給我許多常青的回憶。那藍天、綠田、小石橋、淙淙溪流……都是我喜愛的，但是令人慕念不已的還是良師益友的聲容音貌，在一九五七年與一九五九年那七百多個日子裏，我雖不曾全忘於採擷知識的花蕊，但我更沉湎於編織人生的夢景。政治學是一門講「可能的藝術」(the art of the possible)，但指南山麓的青藤綠葉卻允許我編織「不可能的夢景」(the dream of the impossible)，景師就是永遠一方面教導我們「可能的藝術」，一方面鼓勵我們懷育「不可能的夢景」的。其實，景師自己就是生活在現實與夢景之間的人。

景師從不唱高調，也從不做教條式的講話，因為他了解教育與宣傳不是一回事。他愛國之心極深，但他更清楚，作為一個學人，對國是的態度不必在「替政府抬轎」與「為反對而反對」兩個極端的路向上選擇一條。他對現實世界有很深的苦悶，但他對現實世界的態度卻不是鄙視，而是關懷。景師一點也不熱衷「政治」(世俗之人所了解的政治)，但他卻十分用心於

「政治」(政治學中所討論的政治)。就政治思想與行為來說，景師是中國儒家傳統與西方自由主義傳統下的精良產品。他不把學術與政治看成對立物。顯然地，景師不接受奧古斯丁以來視政治為罪惡的一派之看法，而較接近中國儒家及亞里士多德等對政治之觀點。他認為研究社會科學的人應該有參與政治的心念。在一九六八年十一月二十四日景師給我的一信中，裏面有一段這樣的話：「……吾弟出處，治學或從政，皆是相宜，惟擇一而專心為之，成就必更大。余並不主張都走向治學之途，尤其研究社會科學者，本有用世之心，有適當機會，不妨努力為之……」景師的話或許有感於我在政治所畢業後，徘徊於學術與現實工作之間，而二無所着而發的。這應該是對我個人及其他與我有相同情形同學的一個最貼切的訓誡。但這話更證明景師對政治的肯定，對現實世界的關切。

景師在思想上雖然受儒家傳統與西方自由主義傳統的影響，但景師是第一流的知識分子，卻不是中國的士大夫；是極出色的學者，卻不是西方學院型的學究。他是突破超越這兩個傳統的人。他的突破不必是用力的，他的超越是自然而然的。中國儒家與西方學院系統下的「執著性」與「機括性」全不在景師身上留下痕跡。他，冬天，一頂鴨舌帽，一襲青

袍，那樣灑脫；夏天，赤身露肚，全無遮礙，何等自在？景師不是酸儒，亦不是蛋頭，他的人格世界有一種特有的風姿與藝術性。景師像一首詩、一幅畫。善讀詩者，必能體味到這是一首真意流動的無隔好詩；善讀畫者，必能欣賞這是一幅天機洋溢的無隔好畫。我常以為景師是最使人產生「無隔」感的。我每次有幸向他請益，總被他那份「真的自然」所吸引，總被他那份「自然的真」所神往。因他有「真的自然」，所以特別可親；因他有「自然的真」，所以特別可敬。堅章在一九七〇年二月十二日給我的信中說得好，「在眾多的人物中，有不少是可敬的，但並不可親，也有許多是可親的，但並不可敬，可敬與可親兼備，並達到鄒師者，實在太少……也正因為如此，在公祭那天……不僅與祭者為之悲慟，所有在場的其他人士，也幾乎都為之落淚，事後殯儀館的執事人員也說，場面大的他們見的很多，但在公祭中感人之深者為之僅見。」堅章兄這幾句簡單的話曾把我帶到那天公祭的現場，也讓我參與分受了同學的那份悲慟！

　　景師的「人格世界」在基本上是「中國的」，但他的「學術世界」則似乎是「西方的」。景師飽覽中西典籍，尤傾力於西方的政治思想與制度。景師的書不但讀得廣，而且讀得

深；不但讀得深，而且讀得活。因此出現景師手下的文章總是有廣度，有深度，並且真正成為他自己的。當我在台大讀書的時候，偶然間接觸到景師的《代議政治》一書，開卷之後，便不容不一口氣讀完，我不止為他精邃的見解所折服，也為他清新靈透的文字所醉心。幾年以來，我曾讀過好幾遍，每讀一遍，都有新的收穫。這是政治學著作中一本真正成熟的佳構，此書不止展示了高度的學力，並且還顯示了作者敏銳的透視力與執簡馭繁的綜合力。此書真可擔當得起王荊公「看似平凡最奇絕，成如容易卻艱難」二句詩的讚美。可憾的是，景師沒有一個較好的研究與寫作環境，否則我們一定可以品嚐到更多的學術佳餚。

曾經親炙景師的人是有福的人，他的人格精神將永遠或多或少地影響我們。至少會使我們在這一「失落的時代」中抓到一些可以「認同」攀援的東西。現在，我們作為學生的應該做一種努力，將景師的零星文字匯編整理出來，由同學集資刊印行世，讓門牆外面的學子也有一見景師的「學術世界」的機會。但這不是一椿簡單的工程。因為景師最有成就的西洋政治思想史，雖然已列有大綱大目，並且已大都陸續單獨成篇，但有些重要的題目還只有口說（課室中發表的），而無筆墨。因此

如何把口說形成文字，如何把散落的斷簡零篇集為脈絡一貫的整體，依個人所見，恐怕只有待專治西洋政治思想史並極有心得、而且又與景師十分接近像堅章兄那樣的人才能擔承起這份重組、整編的工作。此外，假如有哪位同學能夠為景師編一個完整的年譜，以彰顯這位現代學人，這位現代知識分子的生平事跡，那不但是對景師的最佳獻禮，並一定是與景師識與不識的人所感激不盡的。

日前收到日青兄的信，說政研所第四期《年刊》將出版紀念景師的專號，讓每位同學寫一點紀念性的文字。我很謝謝日青兄不遺在遠的友情，給予我一個機會，坐下來靜靜地回憶指南山麓的前事往景。真的，我又依稀地看到那藍天、綠田、小石橋……那鴨舌帽、那青袍……我又一遍遍地誦讀着那首無隔的詩，那幅無隔的畫！

一九七○年四月二十八日深夜於匹城

劈開了木雕藝術的新天

記朱銘的木雕展

　　刻在香港藝術中心展出「朱銘的雕塑展」，我認為是香港藝術史上具有歷史意義的。這決不是一個普通的展覽；在一個年代，甚至可能一個世紀中都不易多覯的。

　　首次接觸到朱銘先生的木雕大約在三四年前，我是從台灣《中國時報》看到的；即使不是作品的本身，我已感到有一股震撼力，歡喜欽慕之情不能自已。最可感念的是，《時報》副刊主編高信疆兄竟肯將朱銘的一件小雞割愛贈我。一塊木頭，簡簡幾刀，小雞就啾啾有聲地奪「木」而出了，這小雞好像原來就活在木塊裏的，朱銘的幾刀只是除去了它的束縛，還它原貌與自由。踏進藝術中心五樓的展覽室，我們便進入熟悉的中國民間、中國文化天地裏了。這個廳展出《農忙》、《牛車》、《農家樂》、《鐵拐李》、《魯智深》、《正氣》(關公)、《文聖》(孔子)等作品。朱銘兄告訴我這些是十年中較早期的木刻。擺在入門處題名「同心協力」的巨型牛車，可能是他迄今最出名的作品。人與水牛合力在泥濘的斜坡

上推挽的情景，是中國農村大地常見的，但在這件作品中，作者不止賦予了人物、水牛以生命的質實感，同時，更刻畫了中國文化的厚重與憂患性格。這是朱銘的、是鄉土的，更是民族的、文化的。

朱銘這些木雕，大都在寫實與寫意之間，他的人物塑造擺脫了民間工藝的牽拘，而大膽地汲取國畫中寫意人物傳統的筆法。《鐵拐李》、《魯智深》、《關公》、《文聖》，都是元氣淋漓，神韻風動。朱銘的人物，上半身用刀較多，下半身則用刀極少，跡近吝嗇，但他的本領正在着刀與不着刀的幾微之間。驟看，或覺得這些作品若有所不足；實則，此正是最完整的形式。也契合了西方現代雕刻大師羅丹的「未完成的形式」(unfinished form) 之藝術精旨！

這次展覽的主題是朱銘的「功夫」木刻，它們陳列在另兩個大廳，顯得特別統一與和諧。功夫木刻根於太極拳的招式塑型，這是朱銘現階段的作品，他要從「人的本位」上去追尋自然的韻律，以達到「人與自然結合」的境界。這一組木刻都是巨型的，並且十分抽象化了。我想，這也許是朱銘在國際現代藝術的精神要求下，所作的一種民族形式的回應吧！日本雕塑名家澤田政廣在欣賞之餘說：「朱銘不屬於日本，也不屬於中

國，他是屬於世界的。」朱銘這一步已有了國際的共鳴！當然，我們更等待他的下一步！朱銘的木雕，根本上表現了一種生命力，一種源於內在生命的躍動。他能知木性，故能順木性的極限，發揮了藝術家的大自由。中國現代木雕藝術的歷史新天被朱銘的刀劈開了。

肖像雕塑的「終極表現」?!

吳為山的肖像雕塑

南京大學百周年之時，在南大雕塑展覽館中第一次見到了吳為山教授的數十座肖像雕塑，我感到一陣震撼，這是我多年前在巴黎羅丹雕塑展覽館中有過的那種感覺。今年我有幸在吳為山的雕塑工作室和南京博物館再次看到吳為山的雕塑，震撼感被一種由心而生的欣賞與讚賞所取代。我在他的留名冊上，久久才落筆，題上了「中國肖像雕塑的終極表現，其在斯乎？」幾個字。科學沒有「終極表現」，但藝術有。米開朗基羅的大衛像，羅丹的巴爾扎克像，都是「終極表現」，為山的齊白石像也令我有這樣的聯想。

吳為山的雕塑，是寫實的，也有很大的寫意，他的文化名人雕塑所透露的神態與氣稟，使我感到的是中國水墨畫與書法那種筆止而意不盡的趣韻。我無法猜度為山的藝術創造力的源頭，但肯定在中國的藝術傳統外，還有西方藝術文化的元素，他的西方的藝術資源是他「遊學」歐美所攝取的。任何一

位現代的中國藝術家，他是命定地超越本土的，為山的雕塑無疑是與西方雕塑家在平等真切的對話中完成的。

吳為山肖像雕塑可以分為三類。一是具體的「個人」，一是「文化名人」，另一是「人」。具體的個人，如楊振寧、費孝通，寫實手法最重，一照面，他們就真切地出現在面前了；文化名人如齊白石、林散之，則寫意較大，有典型性傾向，看到的是你未必見過的本人，但卻是你心中所想像的人物。至於「人」的雕塑，如睡童，卻又是具象與抽象的融合，特殊性與普遍性的混合，見到睡着的孩子，就是我們閉着眼睛也感到是熟悉的面孔。這三類的肖像雕塑，無藝術性之高低，只是表現手法有別，由具體「個人」，到「文化名人」，到「人」的雕塑，是典型性、抽象性、普遍性的漸次增加，但吳為山任何一件作品，都縕含着寫實、具象與特殊性的覺力度。

為山正處壯年，藝術的創造力有如噴泉，他還在繼續發展中，他充分知道雕塑藝術的高峰是永恒的攀登，他一直在尋求雕塑(特別是肖像、人體)的「終極表現」。

二〇〇二年十二月十七日

中國水墨畫的一座奇峰

晁海的繪畫語言

晁海是一位奇特的畫家。晁海的畫有奇特的神貌與風格。

晁海先生是近年中國大陸崛起的畫家。自一九九八年起他的畫已多次應邀在中國重要的美術館博物館展開並被收藏。國內許多重要的藝術刊物，都大幅的介紹推崇他的畫作和他這個畫家。不誇大的說，中國畫壇出現了一個令人矚目的「晁海現象」。我可以說，講當代中國畫，特別是中國的水墨畫，晁海絕對是一位獨樹一格的第一等畫家，他為中國畫，特別是中國水墨畫創出了一個新的面目、新的精神。更恰當的說，他創造了中國的新繪畫語言。藝術史學者莫家良教授認為晁海的作品「能夠將中國水墨畫變得感人」，是「感人的藝術」。藝術感人是一個極高的境界，百千年來中國水墨畫達此境界者，不數數人而已。晁海作畫是絕對嚴肅，絕對認真，絕對熱情的。他沒有遊戲筆墨，他的畫都是生命的完全投入。晁海的畫是「有所為而為」的畫，他的畫的背後藏着一個為中國水墨畫繼往開來的創作意念。

八十年代至九十年代，他閉門作畫十五年，從理論思維到提筆實踐，探索中國水墨畫的新方向、新表現。晁海對藝術的追求十分執著，幾乎是具有宗教感的熾熱，並不令我驚奇，晁海無限心儀的畫家是梵高。閉門作畫十五年之後，當開門出來時，他有一百多幅巨畫，主要的畫作是《麥客》與《牛》的系列。他的畫，一照眼，但覺元氣淋漓，大氣磅礴，有一種震懾感，完全不是傳統文人水墨畫的飄逸、淡遠的風格，再看，見到的便是如山峙嶽立，造型樸拙，天老地荒的大西北的農民，和荒漠平野，戴大天載厚地，凜凜生風，牽人心弦的牛隻，這是中國大西北的精神，也是普世的天地精神、人間精神。晁海的畫是奇特的，任何人只要一見到，便知是晁海的畫，他的畫的奇特，不止是題材主題，更是他的水墨筆法，他的最大創新在此，他的最大功力也在此。他不用線條 (晁海的素描可見到他的線條功力)，而用圓塊，所以他的畫有強大的質感與立體感，至於他在宣紙上能作如油畫般多層次的積染，創造出水墨畫如此感人的效果，則是他能非常人之所能的地方了。晁海的水墨畫是現代的，也純然是中國的。中國水墨畫在他的巨筆下展現了一個奇特的水墨天地，晁海是中國水墨畫的一座奇峰。

朱光潛與中國美學

一

　　新亞書院在成立之始，即有公開學術講座的制度，學術為天下公器之精神一直為新亞人所珍貴。一九七七年，我們募得一筆基金，創辦了「錢賓四先生學術文化講座」，使講座有了永久性的基礎。

　　新亞同仁相信，學術沒有國界和大學的世界精神，同時，我們更相信中國文化之發展，必須通過學術研究，中國文化之交流。以此，「錢賓四先生學術文化講座」所邀請的講者就不局限於一地一國，且有意識地使它成為國際性的學術活動。第一講邀請錢賓四先生親自主講後，我們依次邀得了英國劍橋大學的李約瑟博士、日本京都大學的小川環樹教授和美國哥倫比亞大學狄百瑞教授主持講演。這幾位都是當今國際上對中國文化之研究有卓越貢獻的學人，他們的講堂風采固然在聽眾的心目中留下深刻難忘的印象，他們的講詞，通過專書的出版更是流傳久遠，影響不磨。今年，我們的眼光，又從西方返回

東方，我們邀請了北京大學的朱光潛教授作為一九八三年的「錢賓四先生學術文化講座」的講者。

二

朱光潛先生，筆名孟實，是中國著名的美學家、文藝理論家。談中國的美學，是不可能不聯繫到孟實先生的。誠然，朱光潛三個字與中國的美學是不能分開的。從他學生時代《給青年十二封信》(1931) 這本書出版後，先生即在廣大的青年讀者心中建立起一個親切而可敬的形象。先生的第一部美學著作《文藝心理學》(寫成於1931年、1936年問世) 是蔡元培先生提倡「美育代宗教說」以來，第一部講得「頭頭是道，醰醰有味的談美的書」(朱自清語)。接着，他發表了《談美》(1932)，《孟實文鈔》(1936)、《談修養》(1946)、《談文學》(1946)，並譯出他的美學思想的最初來源——克羅齊 (Benedetto Croce) 的《美學原理》。此外，他還出版了《變態心理學》(1933)、《變態心理學派別》(1930) 和《詩論》(1931年寫作，1943年出版)，同時，在英哲羅素 (Bertrand Russell) 的影響下，還寫了一部《符號邏輯》(稿交商務印書館，不幸在日本侵略上海時遭炮火焚毀了)。一九四八年初則出版了《克羅齊哲學述評》。這些極有份量並

且在中國美學園地上播種的著作，有許多都是光潛先生尚在英、法留學，德、意遊歷時期的產品。在英、法留學八年之中，他大部分的時間都花在大英博物館和大學的圖書館裏，一邊研究，一邊著述。從這些著作的質量，我們可以想像得到先生讀書之勇猛和寫作之勤快。

光潛先生於一九二五年，考取安徽官費留英，取道蘇聯，進入愛丁堡大學，選修英國文學、哲學、心理學、歐洲古代史與藝術史，親炙谷里爾、侃普斯密斯等著名學人。畢業後，轉入倫敦大學的大學學院，並在海峽對面的巴黎大學註冊，偶爾過海聽課，巴黎大學的文學院院長德拉克羅瓦教授講「藝術心理學」，觸發了他寫《文藝心理學》的念頭，而在愛丁堡大學時，因寫《悲劇的喜感》一文獲心理學導師竺來佛博士之青睞，使他起念寫《悲劇心理學》。後來，他離開英國，轉到萊茵河畔、詩哲歌德的母校斯特拉斯堡大學，完成了極具原創性的《悲劇心理學》(*The Psychology of Tragedy*) 的論文，嗣後並由該校大學出版社出版。去年五月，先生來函告訴我，這本原由英文寫作的論文不久將有中譯本 (張隆溪譯) 問世了。

三

　　光潛先生的求學和學術事業是很曲折、很不平凡的,他於一八九七年出生在安徽桐城的鄉下,從六歲到十四歲,受的是私塾教育,到十五歲才入「洋學堂」(高小),在高小只待了半年,便升入桐城派古文學家吳汝綸創辦的桐城中學,這使他對古文發生很大的興趣。一九一六年中學畢業,當了半年的小學教員,雖然心慕北京大學之「國故」,但因家貧出不起路費和學費,只好進了不收費的武昌高等師範的中文系,由於師資不濟,一無所獲,幸而讀了一年後,就考取了北洋軍閥教育部的考試,被選送到香港大學讀教育學。當時一共有二十名學生,他是其中之一。這二十個學生,儘管來自不同省籍,但在學校裏則一律被稱為「北京學生」,他在一篇回憶的文中說:「北京學生」都有「十足的師範生的寒酸氣」,在當時洋氣十足的港大要算「一景」。他與朱跌蒼和高覺敷還贏得 Three Wise Men 的諢號。先生對當時的幾位老師,一直有很深的眷念,如老校長愛理阿特爵士,工科的勃朗先生,教哲學的奧穆先生。他對教英國文學的辛博森教授,尤為心折,以後並進入辛博森的母校——愛丁堡大學。

　　到港大後不久,國內就發生了五四運動。洋學堂和五四

運動雖然漠不相關，但先生早就酷愛梁任公的《飲冰室文集》，在香港又接觸到《新青年》，故而新文化運動和白話文運動對先生都有深刻的影響，他的第一篇處女作《無言之美》就是用白話文寫的。港大畢業後，先生曾先後在上海吳淞中學，浙江上虞白馬湖的春暉中學教書。在春暉，他結識了匡互生、朱自清和豐子愷幾位好友，後來，他們都到了上海，再交上了葉聖陶、胡愈之、周予同、劉大白、夏衍，由於志同道合，成立了一個立達學會，在江灣籌辦了一所立達學園，並由先生執筆發表一個宣言，提出了教育獨立自由的主張。同時，他們又籌辦了開明書店和一種刊物(先叫《一般》，後改名《中學生》)。「開明」就是「啟蒙」，先生一生從事學術工作，但他並不喜歡「高頭講章」，始終不忘記教育下一代青年的責任，因此，總愛以親切平白的文字，與讀者對話晤面。在八十高齡之年，他還寫了《談美書簡》這樣深入淺出的文章。他在青年的心中，始終是一位循循善誘的好老師，儘管他對美學有淵淵其深的修養，但他一直以散播美學的種子，豐富人生的藝術化為教育的目標。

先生學成返國後，應胡適之、朱自清和徐悲鴻的邀請，先後在北京大學、清華大學研究班和中央藝術學院教書，那時文

壇上正逢「京派」和「海派」的對壘，由於先生是胡適請去北大的，也就成了「京派」人物。後來，他與楊振聲、沈從文、周作人、俞平伯、朱自清等，主編了商務出版的《文學雜誌》，這個雜誌的發刊詞就出於先生的手筆，他呼籲在誕生中的中國新文化要走的路應該廣闊些，豐富多彩些，不應過早地狹窄化到只准走一條路；這是他文藝獨立自由的一貫見解，也即他一早就主張百家爭鳴，就反對搞「一言堂」。事實上，他身體力行，《文學雜誌》刊出的文章就並不限於「京派」人物的，像聞一多、馮至、李廣田、何其芳、卞之琳等人的文章就一樣出現在這份風行一時的刊物上。

四

在過去三十年中，先生的學術生涯是崎嶇險峻的，學術文化界不斷受到左和右的干擾；特別是文化大革命「四人幫」對文藝界施行法西斯專政達十年之久，文化學術到處設置禁區，出現強烈的反智主義的傾向，造成了萬馬齊喑的局面。無疑的，這一段漫長的時間對所有具有學術尊嚴與良心的讀書人都是一嚴厲的衝擊與考驗，光潛先生由於在美學上的領導地位，也因此成了「反動學術權威」，成為批判對象之一。

從一九五八到一九六二年，內地美學界進行了全國性的大辯論，先生的學術觀點受到嚴厲的批判，他對待這次批判的態度則是認真而不含糊的。他不亢不卑，「有來必往，無批不辯」，充分顯示了一個偉大學人的風範。在整個過程中，先生的心靈是開放的，他就事論事，就理以言理，寧定而泰然；他不憚於修正自己的觀點，但同時也敢於堅持自己認為正確的東西。為了對美學有全面的體驗，他且決心研究馬列的美學思想；但當時一位論敵公開宣佈：「朱某某不配學馬列主義！」這樣就更激發了先生致力馬列的鑽研，凡是譯文讀不懂的必對照德文、俄文、法文和英文的原文，並且對譯文錯誤或欠妥處都做了筆記，提出校改意見。我們應知道，那時，先生已快近六十歲了，他對法、德、英各國文字原是極有修養的，但俄文則必須從頭學起，他的俄文是完全自學的，他一面聽廣播，一面抓住契訶夫的《櫻桃園》、屠格涅夫的《父與子》和高爾基的《母親》這些書硬啃，一遍一遍地讀，有些章節到了可以背誦的程度，就以這樣驚人的毅力學會了俄文，使他掌握了所有研究馬列的重要語言。先生所寫的探討馬克思主義基本原理的論文，以及他對馬克思的《費爾巴哈論綱》和《經濟學—哲學手稿》中關鍵章節的詳透注釋和評估，足可以

使那些抱馬列教條而無真解的論敵汗慚無地。至於一九六三年先生撰寫的二卷本《西方美學史》，則是他回國後二十年中一部下過大功夫的皇皇鉅製；論者認為這部著作「代表了迄立為止中國對西方美學的研究水平」，應非過譽！但「文革」爆發之後，這部著作被打入冷宮，而先生也關進了牛棚，被迫放棄了教學和研究工作。在牛棚時，先生說：「我天天疲於掃廁所、聽訓、受批鬥、寫檢討和外訪資料，弄得腦筋麻木到白癡狀態。」像朱光潛先生這樣正直、清純、溫厚的老學人都受到這樣的糟塌，「文革」對中國文化學術的摧殘之大之深，可以思過半矣。

五

光潛先生半個多世紀以來，一直堅守在美學崗位上；儘管他在美學界贏得崇高的地位，但他從來沒有自立門戶，也不企圖成一家言，他所堅持的只是博學守約和科學的謹嚴態度，並且要把中國的美學接合上世界美學的潮流。他相信美學作為一個專門學問，必須放在一個廣博的文化基礎上；他說：「研究美學的人如果不學一點文學、藝術、心理學、歷史和哲學，那會是一個更大的欠缺。」在長年的美學論戰中，他發現有些

美學「專家」，玩概念、套公式，而硜硜拘守於幾個僵化的教條，他相信這種廉價式的美學觀主要是由於這些專家缺少美學必要的知識基礎。先生認為思想僵化的病根是「坐井觀天」、「畫地為牢」和「固步自封」。他常把朱晦翁的一首詩作為座右銘：「半畝方塘一鑑開，天光雲影共徘徊，問渠那得清如許，為有源頭活水來。」而光潛先生的源頭活水則是東西方的學術傳統。他認為西方的經典著作雖然有其局限性，但不可盲目排斥，必須一分為二，做批判性的接受與繼承，所以他自五十年代以來，孜孜不倦，繼續翻譯了《柏拉圖文藝對話集》，萊辛的《拉奧孔》，歌德的《談話錄》以及三大卷的黑格爾的《美學》，他於八十高齡之後，還以二年的時間譯了維柯 (Vico) 四十萬言的《新科學》(Scienza Nuova)。這些偉大的經典著作，都是光潛先生的源頭活水，所以他的生機不絕，精神常新。我們知道，只有通過對傳統經典的掌握，中國美學才能站在巨人的肩上，有更高更遠的視界和發展！

講到中國美學的發展，先生一直就主張思想的自由與解放，由於「文革」的法西斯主義的毒害，學風敗壞，邪氣滋長，陷阱處處，寸步難行，溫文敦厚的光潛先生也發怒了，他挺身發出「衝破禁區」的討檄令。他要衝破「人性論」的

禁區，「人道主義」的禁區，「人情味」的禁區，「共同美感」的禁區，特別是「四人幫」「三突出」謬論對於人物性格所設的禁區；他說：「衝破他們所設置的禁區，解放思想，按照文藝規律來繁榮文藝創作，現在正是時候了！」光潛先生所發的怒不是個人的，而是為中國學術文化的前途而發的！但丁的「地獄」門楣上有兩句詩告誡探科學之門的人說：「這裏必須根絕一切猶豫，這裏任何怯懦都無濟於事。」在探索真理的道路上，先生沒有猶豫，沒有怯懦。

六

朱光潛先生今年已經是八十六歲的高齡了，但他在學術的前線上還沒有退下來。事實上，在他，學術只有開始，沒有結束，他說：「我一直在學美學，一直在開始的階段」，這不止顯示了他對學問的熾熱，也顯示了他生機的豐盛。六十歲開始學俄文，八十歲之後譯《新科學》，這是何等精神！真的，光潛先生無時無刻不在學術園地裏耕耘；最近出版的《美學拾穗集》，收刊的都是他八十歲以後的文字。他把此書取名《拾穗集》，把自己比擬為米勒名畫中三位拾穗的鄉下婦人。只有真正體認到學問之莊嚴與無止無境，才會有這樣的虛懷若谷的襟

懷！去年十月十九日，北京大學在未名湖畔的臨湖軒為先生從事教育六十周年，舉行了一個隆重的慶祝會，席上他說：「只要我還在世一日，就要做一天事，春蠶到死絲方盡，但願我吐的絲湊上旁人吐的絲，能替人間增加哪怕一絲絲的溫暖，使春意更濃也好。」

光潛先生對美學的貢獻，不止為國人所共認，在國際上，杜博妮博士 (Bonnie S. Dougall) 在瑞典諾貝爾基金會資助的討論集中發表的《朱光潛從傾斜的塔上望十九世紀三十年代的美學和社會》，英國格拉斯哥大學的拉菲爾 (D. D. Raphael) 寫的《悲劇是非兩面談》和意大利漢學院的沙巴提尼教授 (M. Sabattini) 寫的《朱光潛在文藝心理學中的克羅齊主義》，都對他的美學成就予以高度評價與讚譽。令人感到最安慰和高興的是上海文藝出版社已陸續開始出版五大卷的《朱光潛美學文集》。除了數以百萬言的譯作之外，先生的美學著作和與美學直接有關的文學、心理學和哲學著作都忠實地收進去了！這個文集反映了先生美學思想的發展行跡，也顯示了這位不厭不倦的學人卓越的成就！

七

　　今年三月中旬光潛先生將來香港中文大學新亞書院講學。香港是先生舊時讀書之地，這裏有他美麗的回憶，對這個闊別了六十一年的城市，先生必然另有一番滋味，而三月初春的香港一定會因光潛先生之來而春意更濃，歡迎先生的又何止新亞書院的師生呢！

　　　　　　　　　　　　　　　　　　　　一九八三年二月二日

「相思」欲靜，而山風不息

敬悼父親

　　四點五十分整，在午後一個會議中，工友靜靜地開門進來，交給我一張紙條：「金先生：急事！請回電話，Wendy。」Wendy是我的秘書，不是有要緊的事，她不會打斷我開會的。「有甚麼急事？」「金先生，壞消息，請您控制一下……您老太爺下午四時在台灣去世了，是心臟病。金太太打電話來，她剛接到台灣的長途電話。」

　　這是我最擔心的事，真的發生了，也終於發生了。我一直怕台灣的長途電話，就是怕聽到這件事。父親是八十二歲的老人了。是的，他很健朗，今年暑假還見他每晨腰骨筆挺，握管疾書，機場分別時，人群中還一眼就看到那一襲筆直的長衫，那濃濃的長眉，炯炯的眼神。但每次離開他老人家，總不禁想起他的年齡，總禁不住會往那方面想，何況前些日他老人家的肝炎又曾發作過一次。不過，父親十一月廿八日的信不還是那樣清晰有力？哪裏有半絲跡象呢？不想我擔心的事真的還是發生了！父親十一月廿八日的信竟是他給我最後的手教

了！而松山之暫別竟是我與父親最後的訣別！這我又怎能肯相信呢？！

　　離開會議室，匆匆返三苑的寓所，腳步總快不起來，走十五度的斜坡，身子如負千斤。藍天依然，碧海依然，同事見面的揮手依然，我的世界卻再不會一樣了。信箱中再不會有父親的來信，松山機場再不會見到那一襲筆直的長衫，那濃濃的長眉，炯炯的眼神了。那對濃眉與炯炯的眼神，我們兄弟小時候都有些怕意，大了以後才越來越覺得慈祥，自做了人父，我們才真正體會到父親不止可敬，而且可親，但我們都不曾說出來。父親與我們不是無話不說的，感情的話總是埋在心裏，他對我們如此，我們對他亦如此。上次機場叩別時，他也只淡淡地說：「暑假有空可回來聚聚，大家都高興，事情忙就不必，你那邊工作一定很多的。」唉！暑假還會再來，卻歡聚已不可再得！走着，思着，父親的身影在淚光中徜徉浮現，正想認清些，山風卻又把他吹散了。

　　回到三苑的家，妻無言地迎着，眼圈紅紅的。

　　「爸爸是四點時去世的。爸爸去時很安詳，母親他們都在身邊。」妻強自抑制，仍不免淒咽。小鳴，我們最小的孩子，一邊用手在額上胸前劃十字架，一邊偷偷看着我和妻。他

讀的是教會小學，他知道劃十字，但他真懂得甚麼是死嗎？他真認識他的爺爺嗎？是的，他認識爺爺的，每次問他記不記得爺爺，他就會用誇張的字眼和手勢描寫爺爺的眉和眼，就像我們小時候一樣，帶一些敬畏的怕意。我反而暗暗慶幸，慶幸他不真認識那眉和眼，慶幸他不真認識他有一位這樣好的爺爺。真的，何必讓孩子也負擔那份大人懂事的悲愴？

晚上，接通了台灣的長途電話，兄弟間話還未說，聲音已經咽愴，培哥、裕哥、樹弟、銘弟斷斷續續告訴我父親去世的情形，當談及喪事安排的時候，再也無法講下去，也無法再聽下去了。人子失落父親的哀痛又如何能由言語承載！母親二次接過電話，只叫了我的名字，已經痛絕無聲。我只聽到遠遠漣姐要母親勿難過的泣聲，當母親呼喚我時，我竟木然，拿着話筒無語以慰，淚汩汩流下，是自怨？是慚愧？還只是哀傷？我接過妻輕輕送來的手帕。母親也快八十了，她與父親結縭以來，相敬如賓，六十年的廝守，雙親早已化二為一，而今父親撒手仙去，殘缺的一半將何以堪？

妻無語，我也無語。回到書房，妻靜靜地在書桌上放了一杯清茶，又無語地走了。

今晚無月，窗外山坡上一排排常綠的「台灣相思」，仍隱

約可見，還不時聽到它們在風中的蕭蕭，展開父親的手稿，睹物思人，使我更接近父親些，使我多少也能像在台灣的家人一樣伴侍在他老人家身旁，一樣的無言，一樣的伴侍。多年來，我們幾次敦促父親寫些他過去的事，他總說沒有必要，六年前，他經不起我再三的請求，才用毛筆以行書寫了這本薄薄八十頁，不過一萬餘字的自傳。父親字臨王羲之、顏魯公，雖不是書家，卻有帖意，而秀逸渾厚兼而有之，很能顯露他的性格。自傳裏所述的事，不是甚麼偉大的豐功偉績，但卻真實地顯出了一個做人的道理，一個做人子、做丈夫、做人父、做朋友，做一個君子、一個好人的道理，也真實地顯出了一個讀書人服務政界所表現的忠於職、勤於業，勇於負責，以德自修，唯法是尚的精神。是從父親的身上，我肯定中國傳統道德倫理的價值，也是從父親的身上，我體認到做人是件如何莊嚴艱苦的事！父親沒有留給子孫甚麼財物，但他老人家遺留給我們一份作為人子最可珍貴的禮物——他使我們感到清清白白，他使我們擁有一個「獨行無愧其影」的人父！

夜闌人靜，摩挲手稿，一切都似舊，一切也都已兩樣。書在而人已亡，「相思」欲靜，而山風不息！

一九七七年十二月二十一日晨三時於香港